KB032941

달리는 플레이어

WISHBOOKS GAME FANTASY STORY

판렙 플레이어 1

비츄 게임 판타지 장편소설

초판 1쇄 찍은 날 | 2018년 3월 8일
초판 1쇄 펴낸 날 | 2018년 3월 15일

지은이 | 비츄
펴낸이 | 예경원

기획 | 위시북스
편집책임 | 이규재
편집 | 이즈플러스

펴낸곳 | 예원북스
등록번호 | 제396-2012-000132호
등록일자 | 2012. 7. 25
KFN | 제1-229호

주소 | 경기도 고양시 일산동구 호수로 646-24 위너스21 II 빌딩 206A호 (우)10401
전화 | 031-819-9431 팩스 | 031-817-9432
E-mail | yewonbooks@naver.com

ⓒ비츄, 2018

ISBN 979-11-6098-881-9 04810
       979-11-6098-880-2 (set)

※ 파본은 구입하신 서점에서 교환하여 드립니다.
※ 저자와 협의하여 인지를 붙이지 않습니다.
※ 이 책은 예원북스와 저작자의 계약에 의해 출판된 것이므로 무단 전재 및 유포, 공유를 금합니다.
※ 이 도서의 국립중앙도서관 출판시도서목록(CIP)은 서지정보유통지원시스템 홈페이지 (http://seoji.nl.go.kr)와 국가자료공동목록시스템(http://www.nl.go.kr/kolisnet)에서 이용하실 수 있습니다.

1

만렙
플레이어

WISHBOOKS GAME FANTASY STORY
비츄 게임 판타지 장편소설

Wish Books

CONTENTS

1장
프롤로그

　게임 속 아이템을 현실로 가져오는 것이 가능해진 세상. 그로 인해 찬란한 문명을 꽃피운 현대. 그러나 찬란한 문명이 마냥 좋은 건 아니었다.

　"천민 출신 서민 새끼가 어딜 기어오르는 거냐?"
　"개돼지는 개돼지답게 굴어라."

　이른바 '수저 계급론'이라는 신분제 아닌 신분제가 공공연하게 퍼져 버렸다. 부익부 빈익빈. 금수저만이 금수저를 낳을 수 있는 세상. 개천에서 용 나기가 불가능해진 세상. 흙수저 출신은 금수저가 되기 어려운 세상.
　한주혁도 흙수저 중 한 명이었다.

10년 전. 그 흙수저가 푸념하듯 말했다.

"스승님. 세계 최상위 랭커가 레벨 89래요. 쩔죠?"
"99도 안 되는 게 무슨 랭커냐?"

한주혁은 속으로 생각했다. 저 미친 사이코가 또다시 헛소리를 하는구나.

레벨 99라니. 그게 뉘 집 개 이름도 아니고. 비공식적 랭킹이 있다 어떻다 말은 많지만, 어쨌거나 세계 공식 랭킹 1위가 89다. 레벨 99? 절대로 불가능하다.

언제나 헛소리를 지껄이는 스승이 입버릇처럼 말했다. 너를 세계에서 가장 강한 인간으로 만들어주겠다고.

"전 귀족 출신도 아니고 아이템도 없는데 그게 가능해요?"
"닥쳐. 레벨이 갑이야."

더 정확히 말하자면 레벨에 따른 스탯이 갑이라나 뭐라나.

그 이후로 10년이 흘렀다. 한주혁의 눈에 레벨창이 선명하게 보였다.

-레벨: 99

지금도 믿기 힘들지만 진짜였다. 눈 앞에 보이는 레벨창은 그의 레벨이 정말로 99라는 것을 증명해 주고 있었다.

　한주혁은 이제부터 시작해 보기로 했다. 특수지역 라이나에 갇힌 뒤 겪었던 20년간의 개 같은 생활을 뒤로한 채.

　흙수저 출신. 서민 출신. 그러나 레벨은 99인 한주혁이 첫발을 내디뎠다. 세계 문명의 중추 올림푸스 세계로.

　알림이 들려왔다.

　-특수지역. 라이나를 벗어납니다.

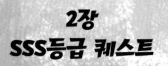

2장
SSS등급 퀘스트

　역사학자 혹은 인류학자들은 지난 2000년간 무슨 일이 벌어졌는지 전혀 알 수 없었다.

　지난 2000년의 기록이 아예 없다. 그나마 기록이 남아 있는 것은 최근 200년가량. 기록이 사라져 버린 그 시기를 '잃어버린 문명'이라고 부른다. 다만 추정하기로, 현재의 기술 수준은 과거 2010년대 후반 수준으로 판명되었다.

　그래서 사람들은 편의상 '잃어버린 문명'을 제외하고서 지금을 DC 2016년이라고 표기하고 있다.

　'잃어버린 문명' 자체를 부정하는 사람은 없었다. 증거가 뚜렷하게 남아 있었으니까.

　그 증거는 바로 시스템 '제우스'였다. 이 제우스를 누가 어디서 어떻게 만들었는지는 밝혀지지 않았다. 다만 이 '제우스'

는 서울 여의도에 위치한 커다란 돔 안에 있다고 알려져 있다. 과거 한국의 국회의사당이 있던 그 자리다.

그곳은 커다란 돔에 둘러싸여 있으며 그 누구의 발길도 허락하지 않는다고 알려져 있다.

돔이 어떤 물질로 구성되어 있는지, 어떻게 하면 돔 안으로 들어갈 수 있는지도 모른다. 내부가 어떻게 생겼는지도 알 수 없다.

다만, 제우스는 실재하고 있는 '잃어버린 문명의 잔재'이며 그 잔재는 기록이 다시 시작된 지난 200년 동안, 가상현실게임 올림푸스를 운영하고 있다.

가상현실게임 올림푸스는 단순히 게임이 아니었다. DC 2016년 현대 문명의 주춧돌이 바로 올림푸스라고 해도 과언이 아니었으니까.

올림푸스에서는 석유도 구할 수 있다.

더 정확히 말하자면 석유의 역할을 대신하는 '몬스터 스톤'이지만, 어쨌거나 그걸 구해서 현실로 전송할 수 있다. 몬스터 스톤뿐만 아니라 다른 올림푸스의 물건도 가능하다. 인류는 이를 통해 발전해 왔고 이걸 올림푸스 혁명이라 부른다.

올림푸스는 현실을 유지하는 하나의 수단이었으며 올림푸스를 지배하는 자가 곧 현실을 지배하는 자가 되었다.

올림푸스의 산물이 이 현대사회를 이끌어갔으니까.

그래서 모든 사람이 올림푸스를 지배하고 싶어 했다. 올림푸스에서의 성공이 곧 현실에서의 성공이었으니까.

한주혁도 그랬다. 한주혁의 나이는 26세. 다른 사람들에 비해 그는 출발이 아주 많이 늦은 편이었다. 대부분의 사람들이 6~8세 사이에 올림푸스의 아카데미에 입학하여 약 19~20세까지 졸업인증을 완료하고 스텝업 퀘스트를 얻어 20세부터는 사회에 첫발을 내디딘다.

보통은 그게 정상인데 한주혁은 26세까지 특수지역 라이나를 벗어나지 못했다. 남들은 20살이면 취직하는데, 그는 26살이 되도록 백수라는 소리다.

'이 생활도 이제 끝이다.'

한주혁은 6살에 납치당했다.

"드디어 재능을 가진 아이를 찾았구나. 이런 재능을 가진 아이를 찾다니. 클클클! 천하의 무골이로고! 내 너를 세상에서 가장 강한 사내로 만들어주겠다!"

그렇게 20년이 흘러 버렸다.

"이제 나는 죽어도 여한이 없구나. 내 모든 것을 전수했으니."

제발 어서 죽어주세요.

한주혁은 이 미친 작자에게 일말의 동정심도 품지 않았다. 정(情)도 느껴지지 않았다. 지금 집안에서 밥버러지, 만년 취준생 취급을 받고 있는 게 바로 이 미친 스승 놈 때문 아니겠는가.

20년간 납치 및 감금, 폭행, 협박, 괴롭힘을 받으며 이 늙은

이를 위해 무료 봉사를 해왔다. 자신을 납치하여 20년간 괴롭힌 당사자에게 무슨 미련이 남으랴.

몇 번이나 탈출을 시도했다가 정말 죽기 일보 직전까지 얻어맞았다. 살아 있는 상태로 하이에나들에게 뜯겨 먹히기도 했다. 고통을 이기지 못하고 강제 로그아웃 당한 것만 해도 수백 번. 남들은 상상도 못 한 끔찍한 경험들이었지만 그는 어떻게든 견뎌냈다.

'그래도 나는 결국 버텼어.'

어떻게 버텼는지. 자신이 왜 버텼는지. 그것도 잘 모르겠다. 일반적인 경우라면, 캐릭터 삭제를 하고 다시 키웠을 거다. 그게 당연한 거고 상식이다. 이런 경우를 일컬어 똥통에 빠졌다고 표현하니까. 그런데 한주혁은 그 똥통에서 어찌어찌 살아남았다.

"스승님."

그런데 아직 남은 게 좀 있다.

"저는 스승님의 아들 같은 존재입니다."

이 더러운 스승에게서 살아남기 위하여 아부 정도는 패시브 스킬이다. 그는 20년간 이렇게 버텼다.

"이 아들은 스승님의 비호 없이 험난한 세상을 살아갈 자신이 없습니다."

"……그렇지 않다. 나보단 많이 약하지만 그래도 많이 강해졌다."

그래서 말했다.

"부디 좀 더 가르침을 주십시오."

다른 말로 표현하자면 '퀘스트 좀 내놔'라는 뜻이었다. 보통 이런 NPC의 경우, 죽을 때에 퀘스트를 남기게 마련이니까.

"내 너의 마음을 잘 알았다. 잊지 말거라. 너는 나의 하나뿐인 제자이며, 나의 진전을 이은 유일한 전승자라는 것을."

네. 그 빌어먹을 전승자라는 이유 때문에 20년간 감금을 당했지요.

납치범이 지도를 건넸다.

"이곳을 찾아가거라. 이곳에 너의 미래가 있을 것이니."

"가, 감사합니다! 스승님의 은혜. 하늘보다 높고 바다보다 깊을 것입니다."

한주혁은 절을 올렸다. 까짓것 20년을 했는데 한 번을 더 못 하랴. 노인이 클클클 웃었다.

"클클클!"

그는 진정으로 기뻐했다.

"이 세상이 네 앞에서 무릎을 꿇을 것이다! 가라. 가서 세계를 제패해라!"

한주혁이 절을 마치고 일어섰을 때, 그는 이미 죽어 있었다. 절대 밖으로 빠져나가지 못하도록 만들어 놓은 이상한 결계도 사라졌다.

알림이 들려왔다.

－'속박의 저주'가 해제됩니다.

－'전승자의 의무'로부터 자유로워집니다.

－특수 결계가 해제됩니다.

－특수 지역 '라이나'로부터 해방됩니다.

레벨 99. 한주혁이 세상에 첫발을 내디뎠다.

＊＊＊

한주혁. 그는 이 시대의 패배자였다.

"엄마 친구 아들은 대연합에 들어갔더라."

"엄마 친구 아들은 이번에 중소연합에 들어갔는데 월급이 250만 원 정도 되나 봐. 그래도 복지도 괜찮고 야근도 없는 편이라 만족하는 편이라네?"

친척들이 모였다 하면,

"주혁이 넌 언제 취직할 거니?"

"그…… 아직도 무슨 수련이니 뭐니 하면서 삽질하고 있는 거야?"

"그러게 진작 캐릭 삭제하고 시작했어야지. 지금 나이면 그냥 버리기에도 너무 늦지 않았나?"

한숨을 쉬며 그를 지적했다.

실생활에 필요한 대부분의 물품과 현시대를 이끌어가는 과학기술 문명의 근간이 바로 올림푸스에서 채굴되는 아이템, 혹은 물건들이다. 그 아이템과 물건들을 얻는 곳이 바로 올림푸스 내의 회사. 다시 말해 '연합'인 셈이다.

"차라리 빨리 지우고 다시 키워서 중소연합이라도 들어가는 게 어때? 눈높이를 낮추는 것도 필요하다, 주혁아."

탄탄한 인프라와 높은 연봉, 괜찮은 복지, 플레이어에 대한 투자가 활성화되어 있는 곳. 큰 규모와 자본을 갖춘 대연합. 그보다 상황이 훨씬 열악하고 규모가 작은 곳이 중소연합.

현재 청년들의 대부분이 이 중소연합에 속해 있다고 보면 됐다. 보통, 이 대연합에 들어가게 되면 대단하다 칭찬받는다. 대연합의 경우는 초봉이 5천만 원 정도는 되니까.

"그래. 차라리 검정고시 퀘스트 해서 20레벨까지 퍼뜩 올리고 작업공장에 진출이라도 하면 월 200씩은 꼬박꼬박 번다더라. 언제까지 이럴 거니?"

"……."

한주혁은 친척들이 모이는 자리를 싫어했다. 모두들 그를 패배자 혹은 문제아 취급했다. 6살에 올림푸스에 입문하여 아카데미를 가던 와중에 납치를 당했고, 20년간 특별한 결계 밖으로 빠져나가 본 적이 없었으니까.

그 모든 설움. 날려 버릴 때가 됐다.

'스탯창 확인.'

눈앞에 스탯창이 열렸다. 오로지 시전자 본인에게만 보이는 특수한 창이다.

〈스탯창〉

   (1) 힘: 99

   (2) 민첩: 99

   (3) 체력: 99

   (4) 지능: 99

   (5) 행운: −99

   (6) H/P: 990/990

   (7) M/P: 990/990

   (8) 비활성 스탯 −

이 어찌 휘황찬란한 스탯창이 아닐 수 있으랴. 최상위급 플레이어들의 평균 스탯이 약 80 정도로 추정된다. 그들도 정확한 스탯을 공개하지는 않는다.

어쨌든 그 평균이 대략 80. 그런데 스탯이 99다. 20년간의 개 같은 노예생활. 그리고 그 특별한 퀘스트 클리어는 그에게 99의 스탯을 허락했다.

'행운이 지랄맞긴 하지만.'

그때까지는, 이 행운이란 스탯이 그에게 어떤 작용을 하게 될지 알 수 없었다.

세계에 처음 모습을 드러내는 레벨 99. 어떤 파장을 불러

올까.

생각만 해도 뿌듯했는데, 알림이 들려왔다.

–비정상적인 레벨업이 확인됩니다.
–스텝업 구간을 거치지 않았습니다.

그리고 이 알림은 올림푸스를 주관하는 신. 인공지능 제우스가 관리하는 알림이다. 제우스의 뜻과 의지는 이 세계의 절대적인 권능. 제아무리 뛰어난 플레이어라도 그 뜻을 거스를 수는 없었다.

'응?'

–정상적인 경로의 레벨업이 아닙니다.

당연히 정상적일 수 없다.

그 개 같은 수련 과정을 겪어냈다. 당장 떠오르는 것만도 수십 가지나 된다.

지금 막 생각났는데, 독개구리의 썩은 정액을 몇 리터나 마시고 몇 번이나 토했다. 현실의 몸에도 악영향을 끼쳐서 며칠을 토악질했다.

그는 일반적인 방법으로 레벨업을 하지 않았다. 그건 사실이었다.

－제우스의 권한으로, 비정상적인 경로의 레벨을 초기화합니다.

이런 씨팔, 뭔 개 같은 소리야.

"이런 씨팔!!"

한주혁은 외쳤다. 뭐가 비정상적인 경로란 말인가.

상인은 거래를 할 때마다 경험치가 쌓인다. 사제는 치료를 할 때마다 경험치가 쌓인다. 전투 클래스는 전투를 하면 경험치가 쌓인다. 그건 만고불변의 법칙 아니었던가.

"이 미친 제우스 새끼야!"

나는 퀘스트를 진행했고, 내 클래스는 제자인지 뭔지 그런 개 같은 거였다고. 그러면 이렇게 레벨업 하는 게 맞잖아! 내 지난 20년의 고생은 뭐로 보상할 거냐, 이 개 같은 제우스야!

－지나친 스트레스 수치가 감지됩니다.

－지나친 접속은 건강을 해칠 수 있습니다.

－스트레스 수치가 유지될 경우, 강제 로그아웃이 진행됩니다.

진정하자. 진정하자. 내 레벨은 99다. 99라고.

－레벨이 초기화됩니다.

기절하고 싶었다. 아니, 차라리 죽고 싶었다. 내가 왜 지난

20년을 버텼는데. 집에서 돈도 못 버는 허세꾼으로 전락하면서도 내가 왜 이 짓을 계속했는데.

그렇게 생각했는데,

'가만……?'

레벨은 초기화됐다. 그런데 스탯이 초기화된다는 말은 들리지 않았다.

'어라? 이거?'

황급히 스탯창을 확인했다.

'스탯창.'

〈스탯창〉

(1) 힘: 99

(2) 민첩: 99

(3) 체력: 99

(4) 지능: 99

(5) 행운: −99

(6) H/P: 990/990

(7) M/P: 990/990

(8) 비활성 스탯 −

한주혁은 다리에 힘이 풀려 제자리에 주저앉았다.

'그러니까.'

지금 레벨은 1로 초기화됐다. 그런데 스탯은 그대로다.

'레벨은 없어졌는데, 신체 능력치는 그대로라고?'

어쩌면 이거,

"이거 진짜야?"

어쩌면 대박이 될 수도 있다.

'대박이다……!'

능력치는 99와 똑같은데 레벨이 낮다. 지금 레벨은 1. 토끼 같은 잡몹 나부랭이를 잡아도 레벨업을 할 수 있는 구간이다.

'레벨업을 하면 2 스탯 포인트가 주어지고.'

레벨업을 하면서 또 스탯에 투자할 수 있다는 것 아니겠는가.

'내가 레벨이 다운되면서 얻는 페널티는…….'

페널티도 막심하기는 하다. 그가 여태껏 익힌 스킬, 무공. 그것들을 전혀 사용할 수 없다. 심지어 가장 기초가 되는 '파천심공'도 운용할 수 없다. 파천심공은 기본 중의 기본이 되는 심공. 이것을 사용할 수 있는 레벨 제한이 무려 40이다.

당연히 그 어떤 공격 스킬조차도 사용할 수 없다. 레벨 제한이 걸린 아이템도 착용이 불가하다.

'그딴 게 무슨 소용이야.'

오히려 상황이 훨씬 좋아졌다. 레벨은 1인데 99의 능력치를 가진 플레이어. 여태까지 이런 플레이어가 있었던가?

'이런 경우는 200년간 단 한 번도 없었어.'

그렇다는 말은 제우스가 뭔가를 노리고 있다는 소리일 가능성이 높았다. 결코 일반적인 상황이 아니었으니까. 레벨 1에서 10까지 올리는 것과 90에서 99까지 올리는 것의 난이도를 누가 감히 비교할 수 있으랴.

한주혁은 지금 레벨 99의 몸뚱이를 가지고서, 레벨 1부터 다시 플레이할 수 있다는 소리였다.

'분명 뭔가가 있기는 있을 텐데.'

제우스가 자신에게만 특혜를 줬을 리는 없다. 분명히 뭔가 꿍꿍이(?)가 있기는 있을 거다. 그게 뭔지는 모르겠지만, 적어도 지금 중요한 것은 이제 밥벌이를 어느 정도 할 수 있게 되었다는 것 정도. 20년의 세월을 보내면서 그의 욕심은 많이 줄어들었다. 일단 그의 목표는 취준생에서 벗어나 친척들에게 떳떳해지는 것이었다.

'돈이나 잘 벌면 되지.'

입신양명까지도 바라지 않는다. 밥버러지 신세를 벗어나 남들만큼만 벌어 먹고사는 거. 딱 거기까지만 바란다. 이제 위대한 성공 같은 건 안 바란다. 세월의 풍파가 그를 그렇게 만들었다.

'그냥 아파트 하나에.'

남들이 부러워한다는 외제 차도 한번 타보고, 돈 걱정 없이 내 가정 꾸려서 잘살아보는 거. 친척들 만났을 때 '와, 주혁아. 너 정말 대단하다!' 소리 좀 듣는 거. 돈 때문에 스트레스받지 않고 잘살 수 있는 거. 그게 그의 소박하다면 소박한 꿈이었다.

'스승 놈이 남긴 유적 퀘스트 레벨 제한이 40이고.'

레벨 40이 되면 아마 자동으로 활성화될 거다.

일단 레벨 40까지는 올려야 했다. 그래야 그 유적 퀘스트를 클리어하고, 스승 놈이 남긴 마지막 안배를 차지할 수 있을 테니까.

'스킬은 전부 비활성화 상태.'

그래도 괜찮았다.

'여우 새끼 잡는 데 백참격 같은 건 필요 없잖아.'

딱 하나 가지고 있던 귀환 스크롤을 사용하기로 했다. 이제 드디어 그도 올림푸스를 제대로 시작할 수 있게 됐다.

초보자의 마을. 시작의 마을이라고도 불리는 '에르카스'에 도착했다.

초보자 마을 에르카스.

레벨 99의 능력치를 가진 레벨 1짜리 플레이어가 모습을 드러냈다. 어쨌든 남들이 보기에는 레벨 1이 맞긴 맞았다.

남들보다 6년이나 늦기는 했지만 이제부터가 시작이었다.

경비병이 한주혁을 막아섰다.

"이봐."

한주혁은 경비병을 쳐다봤다. 기본적으로 에르카스의 경비병 NPC는 모든 플레이어에게 반말을 한다. 한주혁도 그것에 대해 딱히 기분 나쁘지 않았다. 스스로 생각하며 움직이는 인공지능이지만 어쨌든 기본 설정값이 반말을 하는 것으로 설정되어 있는 NPC니까.

"왜요?"

"레벨이 몇이지?"

"1이요."

어쨌든 거짓말은 아니다. 레벨이 1이긴 1이다. 능력치가 지나치게 높아서 그렇지. 경비병은 인상을 살짝 찡그렸다.

"동문으로 가야 하는데 잘못 찾아온 모양이군. 이곳은 서문이다. 레벨 1에게는 위험해."

"출입 불가 구역인가요?"

"그건 아니다. 그러나 네게 강력히 권고한다. 레벨 1의 능력치로는 이빨토끼조차도 잡을 수 없어. 동문에서 좀 더 수련을 하고 오는 것이 좋을 거다."

한주혁은 피식 웃었다. 그래. 경비병이 저러는 건 당연하다. 어쨌든 결론적으로 그는 레벨 1이었으니까. 경비병이 레벨 디텍팅을 통해 레벨은 알아볼 수 있어도 스탯까지는 알아보지 못하는 모양이었다.

경비병은 기분이 나쁜 것처럼 보였다.

"끝내 내 말을 듣지 않는군. 플레이어들은 죽어도 되살아나기 때문인가? 지나치게 무모하군."

어차피 퀘스트를 주는 NPC도 아니다. 한주혁은 그냥 그 말을 한 귀로 듣고 한 귀로 흘렸다. 마침 눈앞에 '이빨토끼'가 보였다. 일반적인 토끼보다는 강하지만 그래 봤자 레벨 4~5짜리 약한 몬스터다.

그때. 알림이 들려왔다.

−퀘스트. 경비병 '네르의 불안'이 활성화됩니다.

퀘스트창을 열어 확인해 봤다.

〈네르의 불안〉

에르카스 마을의 서문 경비병 네르가 플레이어를 미심쩍은 눈으로 지켜보고 있다. 네르는 플레이어가 사망할 것이라 짐작하고 있다. 네르의 불안감을 해결해 주자.

보상: 30,000골드

경비병의 시선이 느껴졌다. 자신의 충고를 무시한 플레이어가 이빨토끼에 의해 시체. 그러니까 검은 잿더미가 되기를 바라는 것처럼 느껴졌다. 경비병은 지금 달려올 채비를 하고 있었다. 한주혁이 보기에는 그랬다.

거봐라. 내가 이곳은 위험하다고 말하지 않았냐. 어서 동문으로 가서 수련을 하고 와라. 여기는 레벨 1에게 어울리는 곳이 아냐.

그렇게 말을 하려고 준비하고 있는 것처럼 느껴졌다.

한주혁이 주먹을 뻗었다.

퍽!

소리와 함께,

–이빨토끼를 사냥하였습니다.

–1골드를 획득합니다.

–경험치가 상승합니다.

1골드를 얻었다. 1골드는 원화로 환산하면 1원쯤 된다.

퍽!

소리와 함께,

–토끼를 사냥하였습니다.

–1골드를 획득합니다.

–경험치가 상승합니다.

경비병의 손에 들려 있던 창이 떨어졌다. 그는 창을 줍더니 한주혁에게 가까이 다가왔다.

"레벨 1이라고 하지 않았나?"

"맞는데요. 경비병들은 기본적으로 레벨 디텍팅 가능하지 않아요?"

경비병은 믿을 수 없었다. 어떻게 레벨 1짜리 플레이어가 레벨 5에 육박하는 이빨토끼를 한 방에 때려잡는단 말인가.

그는 믿을 수 없다는 듯 중얼거렸다.

"믿기 어렵군. 도대체 무슨 방법을 쓴 거지?"

그런데 그때. 서문의 깡패 '성난 멧돼지'가 리젠됐다. 이놈은 위험한 놈이다. 레벨 5짜리 플레이어도 어렵게 잡는다. 경비병 네르는 황급히 말했다.

"이놈은 차원이 다른 놈이다! 비켜! 내가 막아…… 응?"

하지만 그 강력한 깡패, 서문의 지배자 '성난 멧돼지'는 레벨 1짜리 플레이어의 주먹 한 방에 녹아 버렸다.

ㅡ레벨이 올랐습니다.

경비병 네르는 어안이 벙벙했다.

'내가 지금 꿈을 꾸나?'

꿈은 아닌 것 같았다. 아무래도 이건 현실이 틀림없었다. 현실이 맞기는 맞는데 좀 믿기가 힘들었다. 아니, 많이 믿기 힘들었다.

'레벨이 올랐어?'

레벨까지 오르는 걸 확인했다. 다시 말해 정말로 저렙이라는 소리다. 그 저렙이 주먹 한 방으로 상위 레벨 몬스터를 그냥 때려잡았다. 아무래도 뭔가 미친놈이 하나 등장한 거 같다.

'미친놈이군……!'

그리고 인정할 수밖에 없었다. 이 저렙이 어마어마한 잠재력을 가지고 있다는 것을.

한주혁에게 알림이 들려왔다.

—퀘스트. '네르의 불안'을 클리어하였습니다.

—축하합니다!

—클리어 보상으로 '30,000골드'가 주어집니다.

한주혁은 난생처음으로 돈을 벌어봤다. 올림푸스 내에서 1골드가 곧 1원이다. 그러니까 지금 한주혁은 주먹질 몇 번에 30,000골드를 얻었다는 뜻이다.

'좋네!'

황당해하는 경비병에게 가볍게 인사한 한주혁은 걸음을 옮겼다. 레벨이 오르면 오르는 대로, 더 상위의 사냥터로 가야 했다. 이제 인생이 탄탄대로다. 물론 약간의 운이 따르기는 했지만 대략 3분에 30,000골드였다. 1분에 1만 골드. 시급으로 치면 60만 골드를 번 거다.

26년간 백수였던 한주혁이다. 신이 났다. 레벨도 2로 올랐다. 다만, 한 가지 사소한(?) 문제가 있었다.

'스탯 투자가 안 되네.'

일정한 조건을 만족해야 한단다. 그 일정한 조건이 무엇인지는 모르겠다만 지금 당장 그렇게 중요한 문제는 아니었다. 이미 스탯이 매우 높은 상태니까. 이 문제는 시간이 해결해 줄 수 있을 거라 생각했다.

레벨도 올랐으니.

'더 상위급 사냥터로 가볼까.'

⁂

한주혁은 스스로 인생이 폈다고 생각했다. 20년간 고생하면서 캐릭터 삭제를 하지 않은 것에 대한 보상이 이제야 주어진다고 생각했다. 남들이었다면, 캐릭터를 지워도 백 번은 지웠을 거다. 어쨌든 그는 20년이 흘러 사회에 나오게 되었고 처음에는 탄탄대로인 것처럼 보였다.

그렇게 며칠이 흘렀다.

'뭐냐. 이 상황은.'

한주혁은 그 며칠 동안 자신에게 일어난 일에 대해 정리해 보기로 했다. 한주혁이 들었던 알림들은 굉장히 다양했는데, 그중에서도 특히 자주 들었던 알림이 있다.

─살인에 가담하였습니다.

─카오 시스템이 활성화됩니다.

―살인자의 표식이 주어집니다.

―플레이어들은 살인자의 표식을 구별할 수 있습니다.

―카오 시스템 활성화로 인한 페널티가 주어집니다.

한주혁의 본의는 아니었다. 이름 모를 NPC들과 경비병 NPC들이 한주혁을 공격했다. 처음에는 그 이유를 알 수 없었다.

'도대체 왜?'

……그렇게 생각했는데 그는 얼마 뒤 이유를 알 수 있었다.

'빌어먹을 행운.'

행운 −99가 시스템에 어떠한 영향을 끼친 것이 틀림없었다. NPC들의 설정상, 한주혁을 '현상수배범'으로 오해하거나 확신했고 한주혁을 죽이려고 들었다. 한주혁은 죽지 않기 위해 도망 다니다가, 결국은 그들과 싸울 수밖에 없었다. 언제까지고 도망 다닐 수는 없었으니까.

NPC를 죽이면 바로 '풀카오 상태'에 진입한다. 카오 중에서도 악질인 카오. 카오의 중간 단계를 모두 건너뛴 최악의 상태가 바로 '풀카오 상태'다'. 겉으로 봤을 때부터 티가 난다. 그의 몸에서 검은색 기운이 폴폴 풍겨 나오기 시작했다. 그림자가 일렁거리는 것처럼 말이다.

―사망 시 아이템 드랍 확률이 100퍼센트로 증가합니다.

―경험치 획득률이 90퍼센트 감소합니다.

－공적 기관의 이용이 불가능합니다.

－통상 NPC의 호감도가 100퍼센트 하락합니다.

아이템 드랍 확률 100퍼센트로 증가. 경험치 획득률 90퍼센트 감소. 거기에 물약 상점, 아이템 상점, 수련신전 등 모든 공적 기관 사용 불가.

NPC들과 플레이어들이 한주혁을 쫓았다. 그들은 한주혁을 발견하면 마법 무전기로 지원을 요청하기도 했다.

"지원을 요청한다."

마법 무전기는 조약돌같이 생긴 아이템인데, 이것을 손에 쥐면 무전기의 역할을 한다. 아주 위급한 경우에만 사용한다고 알려져 있다.

"연쇄살인마. 게트락입니다. 인간 사냥꾼입니다. 지원을 요청합니다."

당연하게도, 한주혁은 게트락이 누군지도 모른다.

게다가 NPC뿐만 아니라 아주 가끔 마주치는 플레이어들도 적이었다. 플레이어들은 자신을 보면 무작정 덤벼들었다. 카오를 죽이면 영웅이 되니까. 카오 시스템과 더불어 영웅 시스템도 가진 곳이 바로 올림푸스다. 그래서 플레이어들도 한주혁을 공격했다.

한주혁은 그들도 모두 죽였다. 비록 레벨은 3에 불과했지만 스탯은 99의 스탯이다. 온갖 아이템과 스킬, 버프로 무장한 상위급 플레이어가 아니라면 한주먹거리도 안 된다. 그들을 살려두면 자신의 위치가 발각될 거고 그러면 NPC와 플레이어들이 벌떼같이 몰려들 거다. 한주혁으로서는 어쩔 수 없는 선택이었다.

덕분에 레벨이 더 올랐다. 그렇게 시간이 흘러, 사회에 첫발을 내디딘 지 2주일. 그러니까 14일이 흘렀을 때 한주혁은 깨달았다.

'정상적인 플레이는 어차피 글러 먹었어.'

이 빌어먹을 풀카오가 풀리려면 적어도 1년은 있어야 할 거 같다. 그때까지 밥을 축내는 버러지 취급을 받을 수는 없지 않은가.

'이왕 이렇게 된 거.'

이렇게 된 거 이판사판이다.

영웅 따위 때려치우기로 했다. 지금 보아하니 이 행운스탯 −99는 자신에게 어마어마한 영향을 끼치는 모양이었다. 무슨 일을 해도 오해받고, 쓰레기가 된다. 뭘 해도 나쁜 놈이 된다. 이러나저러나 나쁜 놈이면 그래도 잘 먹고 잘사는 나쁜 놈이 되어야 하지 않겠는가.

'잘 먹고 잘사는 건 그렇다 치는데…….'

지금의 능력을 갖고 있다면 어렵지 않을 것이다. 전략만 잘 세워서 올림푸스를 잘만 플레이한다면 먹고사는 데에는 지장이 없을 거다.

'내가 모르는 뭔가가 숨겨져 있어.'

문제는 한주혁 자신이 파악하지 못한 무언가가 있을 확률이 매우 크다는 것.

　'뭔가 제우스가 노리는 게 있겠지.'

　이 세계의 신인 제우스가 뭔가를 노리고 있는 게 틀림없었다. 이 상황은 결코 일반적이지 않았다. 20년간 개고생을 시키고 이제는 또 풀카오로 억지로 몰아가다니. 노림수가 있지 않고는 설명이 안 됐다.

　세계의 미스터리. 온 세계 모든 과학자가 달라붙어도 그 실체조차 파악하지 못한, 올림푸스의 전능한 신 제우스가 아무 생각 없이 이런 걸 만들었을 리는 없다.

　'뭔가, 뭔가 특별한 시나리오가 숨어 있을 텐데.'

　그 무언가를 찾아내면 올림푸스에서 성공할 수 있을 거다.

　'뭐가 숨겨져 있는 거지?'

　그리고 한주혁이 특수지역 라이나를 벗어난 지 15일째 되던 날. 그 '숨겨진 무언가'가 무엇인지 대략적으로 알 수 있었다.

⚡

　목소리가 들려왔다. 노인 하나가 무릎을 꿇고 엉엉 울고 있었다. 언제 나타났는지조차 알 수 없었다. 그만큼 기척이 은밀했다.

　그가 말했다.

　"절대자의 후예를 뵈오니…… 늙은이는 이제 죽어도 여한이 없사옵니다."

한 명이 아니었다. 숲속에서 그림자가 일렁이는가 싶더니, 약 10여 명의 또 다른 노인들이 나타났다.

"천세! 천세! 천천세!"

그들은 모두 눈물을 흘리며 무릎을 꿇었다. 이마에서 피가 나도록 머리를 땅에 찧었다.

"스카이데블의 절대자를 뵈옵니다."

그와 동시에 퀘스트창이 활성화되었다.

갑자기 뭔 놈의 스카이데블이고 절대자란 말인가. 제우스는 지금 뭘 노리고 있는 것이란 말인가. 황급히 퀘스트창을 열어보았다.

〈절대자의 귀환〉

등급: SSS

스카이데블의 절대자로서 인정을 받아야 합니다. 12명의 장로의 인정을 받는 것이 가장 우선적으로 해결해야 할 과제입니다.

*상세내용을 살펴보시려면 '상세내용' 명령어를 입력하시기 바랍니다.

한주혁은 입을 쩍 벌렸다.

'뭐야 이건?'

가장 먼저 눈에 띈 것은 등급이었다. 등급이 트리플 S다. 200년간 인류는 올림푸스를 플레이해 왔고 올림푸스와 함께 발전했다. 그 200년의 역사 속에서 SSS는 여태까지 딱 세 번 등장했다. 그리고 그 세 번의 SSS등급 퀘스트가 진행될 때마다 격변이 일어났었다.

'그러니까 지금……'

제우스가 20년 전부터 준비를 해왔던 'SSS등급 퀘스트'를 이제서야 플레이하게 되었다고 볼 수 있을 것 같다.

'SSS등급 퀘스트를……'

지금 내가?

'SSS라면 보통은…… 최소 국가 단위의 메인 시나리오 퀘스트일 텐데.'

지난 세 번의 퀘스트가 전부 그랬다. 미국과 독일, 중국 기반 퀘스트가 그랬었다. 한국 기반 대륙인 '센티니아'와 '루니아'에서는 SSS등급 퀘스트가 나온 적이 없었다.

'메인 시나리오 퀘스트. 그것도 SSS등급.'

이걸 행운이라고 해야 할지. 불행이라고 해야 할지. 아직 판단하기에는 일렀다. 높은 등급의 퀘스트일수록 보상은 크지만 클리어하기 어렵고, 클리어 실패 시 페널티도 크기 때문이다.

'상세내용을 살펴봐야겠어.'

살펴봤는데 설명이 매우 거창했다.

3장
취직이 안 되면 창업이다

상세설명은 굉장히 길었다.

–세계를 지배하는 7개의 세력. 그들은 7천 년의 전쟁과 화합을
통하여 결국 3개의 세력으로 나뉘었다.

……로 시작하는 이야기는 10분이 넘어가도록 멈출 생각을
하지 않았다.

'스킵하면 안 되겠지?'

지금 NPC들은 무릎을 꿇고 엎드린 채 자신의 말을 기다리
고 있다. 비록 프로그래밍 된 일종의 프로그램이기는 하나,
저들 역시 이 세계 안에서 자유로이 생각하고 움직인다. 저들
이 이토록 기다리고 있다는 것은, 이 퀘스트창에 뭔가가 있을

확률이 높다는 거다.

　─그중 가장 악명 높았던 센티니아의 절대자였던 가르시아 멘터
스에게는 14명의 부인이 있었으며……. 그 14명의 부인 중 7번째 부
인에게서 아락터스를 낳았고, 아락터스는 또 어느 지방의 누구에게
서 누구를 낳았고, 그는 누구를 낳았고.

　'족보가 뭐 이리 길어.'
　하지만 그는 지금 지능이 99다. 귀찮고 번거롭기는 해도 보
는 순간 외워진다. 스탯으로 지혜는 얻을 수 없으나 집중력과
암기력은 얻을 수 있으니까.

　─맨브라암이 슐터를 낳았다. 슐터가 패권을 잡았으니.

　슐터란 놈이 패권을 잡았는데 또 나중에 반란이 일어나 제
국을 뒤집어엎었단다.
　그 당시 최강자였던 슐터는 미인계에 빠져 패퇴하고 센티
니아 대륙의 패권을 두고 여러 영웅들이 다투게 되었단다. 그
영웅들은 슐터를 두려워했다고 했다. 슐터는 악마의 피를 이
어받았으며 그 누구보다도 강했고 잔인했단다. 미인계가 아
니었으면 어쩔 수 없을 만큼.
　어쨌든 그 슐터는 겨우겨우 살아남아 거의 불구가 된 상태

로 어느 동굴에서 기거하면서 다시 힘을 키웠단다.

'그러니까…… 내 사부가 그 슐터인지 뭔지 하는 놈의 직계 후손?'

대충 자신이 이러한 상황에 처하게 된 배경을 이 퀘스트 덕분에 알 수 있었다. 스승님이란 새끼는 슐터의 진전을 이은 직계 후손이었고 자신은 그 후손인 스승새끼에게서 무공인지 나발인지. 하여튼 20년간 개같이 수련을 한 것이었다.

'그럼 내가 익힌 것이 슐터의 스킬이구나.'

여태까지 몰랐다. 그런 건 아무래도 좋았다.

〈절대자의 귀환〉

등급: SSS

요약:

일시적으로 절대자의 자리를 인정받습니다. 그러나 아직 완벽하지 않습니다. 12명의 장로 중 7명은 절대자의 귀환을 바라고 있습니다. 그러나 다른 5명의 장로는 절대자의 귀환을 바라지 않습니다. 당신에게 우호적인 장로들을 가려내고, 진정한 절대자로 인정받아야 합니다. 절대자로 인정받지 못할 시, 매우 곤란한 상황에 처할 수 있음을 명심해야 합니다.

내용도 그렇다 치는데, 마지막 줄이 신경 쓰였다.

'매우 곤란한 상황?'

보통의 경우 '매우 곤란한 상황'이라는 표현은 쓰지 않는다.

'이렇게 친절하게 경고하는 경우는…….'

진짜 최악의 경우까지 치달을 수도 있다는 얘기다.

델리트. 즉 캐릭터 삭제를 당하든가, 무한 척살령이 떨어진다든가, 접속 불가라든가. 기타 등등.

물론 퀘스트에 특전도 있었다.

특전:

  ⑴ 숨겨진 세력. '스카이데블 12장로'에 대한 지휘권을 얻습니다.

  ⑵ 스카이데블의 지휘권은 일시적인 것이며 퀘스트 종료 시 회수됩니다.

  ⑶ 퀘스트 종료 시까지 12장로가 권속으로 귀속됩니다. 권속은 곧 플레이어의 분신과 같습니다.

'예상했던 건 아니지만…….'

이 상황. 예상은 못 한 상황이다. 하지만 이미 예상하지 못한 상황은 20년 전부터 많이 겪어왔다.

'시스템을 최대한 이용하면 돼.'

결론은 다 내렸다. 뭐가 어찌 됐든, 모로 가도 서울만 가면 되는 것 아니겠는가.

"너희들이…… 스카이데블의 장로들이냐?"

늙은 남자들의 몸이 흠칫 떨렸다. 개중 맨 앞에 엎드려 있던 노인이 또다시 땅에 머리를 찧었다.

"그렇습니다! 저희를 알아봐 주시니 무한한 영광이옵니다!"

알아봐 준 거 아니다. 개뿔 스카이데블이란 말도 처음 듣는다. 다만 퀘스트창에 그렇게 써져 있어서 그걸 이용했을 뿐. 이래서 퀘스트 상세 설명을 SKIP하면 안 된다. 시작부터 어긋날 수 있으니까.

알림도 들려왔다.

—스카이데블의 친밀도가 상승합니다.

방법은 대충 알 것 같았다. 이들, 슐터의 후손이 이룬 비밀 세력. 스카이데블이라 불리는 이들을 데리고 뭔가를 하면 되는 것 같다. 이들의 인정을 받는 것이 첫 번째 퀘스트고.

'그게 대퀘스트.'

그리고 그 사이를 이어주는…….

'연계 퀘스트가 이어지겠지.'

캐릭터마다 그 인생을 결정하는 메인 퀘스트가 평생에 한 번쯤은 다가오게 마련이다. 지금은 운이 좋아서(?) 빨리 다가왔을 뿐이다. 심지어 SSS등급.

'이미 망한 거. 여기서 더 망해봤자야.'

지금 뭘 하든 NPC들과 플레이어들에게 쫓기게 된다. 시스템상 괴상한 역보정을 받는 중. 그렇다면 그 시스템을 제대로 이해하고 이용하면 된다.

그래서 말했다.

"내 스승님께서 말씀하셨다. 스카이데블을 이끌어 이 대륙에 스카이데블의 영광을 재현하라고."

물론 그의 스승은 그런 말을 하지 않았다. 한주혁은 타고난 사기꾼처럼 사기를 매우 능숙하게 쳤다.

"오오……!"

그들은 감격의 눈물을 흘렸다. 숫자를 세보니 7명.

'이들이 내게 우호적인 7명인가?'

아직 잘 모르겠다. 시간을 두고 차차 알아봐야 했다.

'그런데…… 주변이 지나치게 조용하네.'

스탯이 엄청나게 높기는 한데 그 어떤 스킬도 운용이 불가능했다. 그래서 기감을 퍼뜨려 기척을 살핀다거나 하는 고급 기술은 사용할 수 없었다.

"안내해라."

어디로 가는지는 그도 모른다. 그냥 이들의 인정을 받기 위해선 이들의 보금자리로 이동해야 할 것 같았고 그 예상은 적중했다.

"알겠습니다."

노인이 또 말했다.

"주변을 얼쩡거리는 버러지 같은 놈들은 모두 목을 베어버렸습니다."

"······그래?"

그래서 주변이 조용했나 보다. 경비병이고 플레이어고 모조리 죽여 버렸단다. 그런데 황당한 알림이 그다음에 이어졌다.

－플레이어의 '장로'에 대한 귀속을 확인합니다.

－현시점에 있어서 '장로'는 권속으로 인정됩니다.

－일정 지역 내에서 장로가 획득한 경험치가 플레이어에게 소급 적용됩니다.

그와 동시에,

－레벨이 올랐습니다.

레벨이 상승함과 동시에 레벨업 이펙트. 그러니까 하얀빛이 그를 감싸 안았다.

－레벨이 올랐습니다.

'어라.'

갑자기 레벨이.

'뭐지?

또 레벨이 올랐다.

-레벨이 올랐습니다.

순식간에 레벨이 9까지 상승했다. 엄청난 속도의 레벨업이라고 할 수 있었다. 보통 6~8세 사이에 아카데미에 입학하게된다. 그래서 약 12~14년간. 그러니까 20살이 되는 해에 레벨 20을 맞추고 졸업하게 된다. 아카데미를 통해서 레벨 9에서 10으로 넘어가는 스텝업 포인트와 19에서 20으로 넘어가는 스텝업 포인트를 얻을 수 있으니까. 나이가 20살이 되면 얼추 레벨 20이 된다.

그러니까 검정고시 등의 특별한 방법을 사용하지 않으면, 평범한 사람들은 레벨 20까지 올리는 데 약 20년이 걸린다는 소리다.

그런데 한주혁은 2주 만에 레벨을 9까지 올렸다. 상상을 초월하는 레벨업 속도였다. 검정고시 시스템을 이용해도 이 정도 속도는 불가능했다.

'벌써 레벨이 9라고?'

미친 레벨업 속도.

'도대체 뭔 놈들을 잡은 거야?'

경비병들을 많이도 죽인 모양이었다. 하지만 산전수전 다겪은 한주혁이다. 겉으로는 당황한 것을 내색하지 않았다. 레벨 오르면 좋은 거지 뭐.

"잠깐."

이럴 때에는 확실히 해두는 것이 좋았다.

"확실히 해둘 것이 있다."

"말씀하십시오. 주군이시여."

"나는 지금 특별한 금제에 구속당하고 있다. 나는 스승님의 진전을 이었지만 스승님의 기술을 아무것도 사용할 수가 없다. 내 머리가 기억하나, 몸이 따라가질 못한다."

노인의 눈동자가 살짝 흔들리는 것이 느껴졌다. 그도 솔직하게 대답했다.

"그러할 것이라 짐작은…… 하고 있었습니다."

아무래도 바른 길로 잘 가고 있는 듯했다. 저들도 자신의 몸이 정상이 아니라는 것 정도는 눈치챘을 터.

'절대자의 권위를 인정받는 게 내 인생 퀘스트지.'

그럼 그 인생 퀘스트에 최선을 다하기로 했다. 절대자의 권위를 인정받으려면? 절대자처럼 행동하면 된다.

"그러나 나를 믿어라. 나는 너희들을 통치할 절대자이며, 너희들을 다스릴 것이다. 너희들이 밝은 곳으로 나아갈 수 있도록 내가 도와주겠다."

뭘 어떻게 도와줘야 할지 개뿔도 모른다. 그냥 말만 번지르르하게 했다. 일단은 말이다. 어쨌거나 이러한 말들은 이 NPC들에게 커다란 영향을 끼칠 수 있을 거라고 확신했다. 아니나 다를까.

─스카이데블의 친밀도가 상승합니다.

긍정적인 알림이 들려왔다.
한주혁이 절대자인 척, 근엄한 척 말했다.
"너희들의 보금자리로 이동하겠다."

***

한주혁에게는 4살 차이 나는 여동생이 있다. 이름은 한세아.
"오빠."
"……엉?"
한주혁은 한세아 앞에서 기를 펴지 못한다. 솔직히 가족들
볼 면목이 없다. 20년 전부터 '조금만 기다리면 엄청 출세할
수 있을 거야'라고 말해왔다. 그게 20년이 지났다. 20년이 지
나도록 그는 땡전 한 푼 벌어본 적 없다. 그저 여동생과 부모
님한테 얹혀서 하루하루 살아갈 뿐.
그는 특히 동생한테 미안했다. 가끔 자신을 구박하기는 하
지만 구박만 하는 건 아니었다. 친구들을 만나러 갈 때면 우
리 오빠 기죽지 말라고 지갑 속에 5만 원씩 턱턱 넣어주곤 했
다. 중소 연합에 취직하여 한 달에 170만 원 언저리를 버는 빠
듯한 살림이면서 말이다.
"이번에 우리 연합에서 좀 좋은 퀘스트를 따냈다나 봐."

한세아가 오랜만에 일 얘기를 하면서 신이 났다.

"나 이제 레벨 25 넘었잖아. 그래서 대륙 간 이동이 가능해 졌어."

"축하한다."

나도 레벨 25 넘었었는데. 아무것도 못해서 문제지.

한주혁은 자신에게 일어난 '인생 퀘스트'에 관해서 아무런 말도 하지 않기로 했다. 괜히 말만 앞세우는 사람이 될 가능 성이 높았으니까. 여태까지 그래왔고. 뭔가 보여줄 법한 결과 물이 나온 다음에 자랑하기로 했다.

"센티니아 변방에 게트락이라는 연쇄살인마가 있나 봐."

한주혁이 몸을 움찔했다. 게트락? NPC들도 나를 걔로 오 해해서 공격하던데.

"우리 부장님이 그놈을 잡는 퀘스트를 따왔어. 레벨은 대충 40 정도 되는 것 같고, 7인 파티로 잡으면 잡을 수 있을 거야. 성공하면 인센티브 300만 골드 정도 받을 수 있을 것 같아."

올림푸스의 1골드는 현실의 1원과 그 가치가 동등하다. 그 러니까 300만 골드는 300만 원이라는 뜻이다. 300만 원. 큰돈 이다. 한세아의 월급보다 많다.

그러나 절대적으로 보면 큰돈이 아니다. 왜냐하면 지금 게 트락에게 걸린 현상금이 1억이었으니까.

7명에서 잡으면 인당 1,500만 원 정도는 떨어져야 정상이 다. 하지만 현시대에 있어서 그게 어디 쉽던가. 어쨌든 그녀는 연합에 속해 있는 한 명의 연합원(사람들은 회사원이라고도 부른다)이고 이 프로젝트는 연합에서 추진하는 '현상금 사냥' 프로젝트다. 그녀는 그 연합에 속해서 월급이나 인센티브를 받을 뿐이다.

한주혁이 말했다.

"게트락에 걸린 현상금 1억 넘잖아. 근데 인센을 그거밖에 안 줘?"

"중소연합이 그렇지 뭐. 이것도 안 주고 야근시키는 데도 많은데 우리 연합은 좀 나아."

플레이어들이 아무리 사냥을 열심히 해봐야 결국 배를 불리는 건 연합장들이다. 억울하면 스스로 나가서 연합을 차리면 되는데 망할 확률이 매우 높다.

플레이어를 육성하는 데 가장 중요한 '스텝업 포인트'를 얻을 수 있는 길도 막막하고. 지금같이 미래를 기약하기 어려운 시대에는 그런 거보다는 그저 또박또박 월급 나오는 연합에 속하는 게 더 낫다는 게 중론이다.

"그래. 뭐. 열심히 해봐. 넌 센스도 있고 실력도 좋으니까 잘할 수 있을 거야."

한세아가 어깨를 으쓱했다.

"센스 좋고 실력 있었으면 대연합 들어갔겠지. 하여튼 인센 받으면 내가 고기 살게. 오빠 요즘 눈 밑이 퀭한 게 고기를 안 먹여서 그러나 싶기도 하고."

단순히 그런 건 아니다. 행운 −99의 여파가 좀 컸다.

'다시 들어가 봐야겠어.'

인생 퀘스트를 다시 진행하기로 했다.

그리고 올림푸스에 로그인 했을 때, 한주혁은 황당한 상황과 마주해야만 했다.

탕! 탕! 탕! 탕!

총성이 끊임없이 터져 나왔다. 새들은 이미 황급히 도망친 지 오래고 숲속에는 총성을 제외한 모든 목소리가 숨을 죽였다.

누군가가 침을 뱉었다.

"퉷."

쌍권총을 갈무리했다. 주변은 조용했다.

"쓰레기 같은 새끼들이 어딜 덤벼들어?"

그는 자신의 주위에 쓰러져 있는 수많은 경비병을 둘러봤다. 모두 이마를 명중시켜 일격에 죽여 버렸다. 이런 허접한 놈들을 상대해야 한다니 자존심이 상할 정도였다. 수도의 기사들에게도 지원을 요청한 모양인데, 그놈들은 엉덩이가 무거워서 도통 나타날 생각을 하지 않고.

"분명 이 근처인데."

저만치 멀리, 어린아이 하나가 보이길래 또 쏴서 죽여 버렸다. 어린 플레이어였다.

그는 플레이어를 좋아하지 않는다. 죽여도 죽여도 다시 살아나는 놈들이다. 그래서 그는 플레이어들이 싫었고, 보이면 보이는 대로 다 죽인다.

"도대체 어디에 있는 거지?"

그때, 바람 속에 비릿한 혈향이 느껴졌다. 방향은 동쪽. 그가 씨익 웃었다.

"저쪽인 것 같군."

걸었다. 어떤 피라미새끼가 자신을 사칭하고 다니는 것인지 궁금했다. 그리고 자존심이 상했다.

자신을 사칭한 놈이라면, 적어도 목격자들을 전부 죽여 버렸어야 하는 것 아니겠는가. 자신을 알아본 놈들은 전부 죽었다. 그게 맞는 건데, 그놈은 아니었다. 많은 놈들이 그놈을 봤다고 했다.

"죽여주겠어."

그의 이름은 게트락. 그는 지금 한주혁을 쫓고 있다. 그에게 있어서 한주혁은 자신을 사칭한 쓰레기였다. 그의 옆에 누군가가 있는 것 같은 흔적이 더러 보였지만 그는 상관하지 않았다.

"다 죽여 버리면 그뿐!"

제1장로. 한주혁에게 절대적인 믿음을 보내고 있는 NPC인 룩소는 뭔가 이상함을 느꼈다.

"주군이시여."

"왜 그러지?"

"누군가가 뒤쫓고 있습니다."

그냥 죽여 버려도 되긴 하는데, 조용히 가자고 했던 주군의 명령이 걸렸다.

"정체는 아직 파악하지 못했습니다."

한주혁은 고개를 갸웃했다.

'제국의 기사들이 왔을 리는 없고.'

물론 시작의 마을에서의 사고치고는 꽤 큰 사고를 치기는 했지만 시작의 도시에서 깽판 좀 부렸다고 에르페스 제국의 기사들이 쳐들어오지는 않았을 거다. 제국 그리고 제국의 기사들은 플레이어들의 일에 어지간하면 간섭하지 않으니까.

'누구지?'

알 수 없었다.

"어떻게 할까요?"

"일단 두고 봐."

동생인 세아의 레벨이 25가 넘었고 대륙 간 이동이 가능해졌다고 들었다. 한주혁 자신이 있는 위치를 알려줬으니 서프

라이즈랍시고 찾아올 확률도 있었다.

짜잔. 이거 오빠 선물이야! 이러면서 아이템을 건넬 확률도 적지 않다. 동생일지도 모르는데 무턱대고 죽일 수는 없지 않은가.

한주혁이 한세아에게 귓말을 보냈다.

─혹시 너냐?

그런데 알림이 닿지 않았다.

─루나 님이 타 대륙에 있습니다.

─타 대륙에 있는 플레이어에게는 귓말이 전송되지 않습니다.

그리고 그때. 목소리가 들려왔다.

"애송이 새끼. 내 이름을 사칭한 죄는 목숨으로 갚아야 할 것이다."

게트락이 쌍권총을 빼 들었다.

한주혁은 황당했다. 게트락. 놈이 제 발로 찾아왔단다. 자기를 사칭해서 열이 받았다나 뭐라나.

세아에게 대략적인 정보는 들었다.

'놈의 레벨은 40 정도고.'

그 정도면 무리 없이 쉽게 잡을 수 있을 것 같기도 하다.

'레벨 역보정이 어느 정도로 이루어지느냐. 그리고 아이템의 격차가 어느 정도 되느냐가 관건이겠네.'

현재 한주혁의 레벨은 9.

추정 레벨 40에 이르는 게트락과 싸우면 어떻게 될지 그도 100퍼센트 장담할 수는 없다. 스탯대로라면 무조건 이기는 게 맞는데, 역시 불안하기는 했다.

한주혁은 일반 플레이어들과는 완전히 다른 방식으로 성장했고, 일반 플레이어들이 어느 정도의 힘을 가지고 있는지 아직 제대로 파악하지 못했다. 40대 레벨 플레이어와 싸워본 적도 없다. 따라서 레벨 역보정이 어느 정도 이루어질지도 모른다.

'지금은…… 절대 지면 안 된다.'

지금은 인생 퀘스트를 진행 중이다. 절대자의 권위와 위엄을 보여야 하는 순간. 총 12명의 장로에게 인정을 받아야 하는데 듣도 보도 못한 피라미에게 죽어버린다? 그러면 이 SSS 등급 퀘스트는 그냥 날아가 버리는 거다.

'그럼 혼자 안 싸우면 되지.'

답은 간단했다. 지금 그는 혼자가 아니다. 은신 상태의 7장로가 숨어 있다.

"룩소. 듣고 있나?"

룩소가 모습을 드러냈다.

"예, 주군. 제가 여기 있습니다."

기세등등하던 게트락의 눈이 커졌다.

뭐지. 갑자기 어디서 튀어나온 거지. 전혀 눈치채지 못했는데.

'그래 봤자 둘이다!'

그렇다. 그래 봤자 둘. 약한 놈 하나에 노인 하나. 그냥 죽여 버리면 그뿐이다.

"죽여."

한주혁이 말했다.

1억짜리 퀘스트 아이템을 드랍할 것이 분명한 NPC다. 게트락에게는 현재 현상금이 1억 걸려 있는 퀘스트가 활성화된 상태. 하지만 현상금 퀘스트를 직접 받지 않은 입장이라 퀘스트 아이템이 드랍될지, 드랍되지 않을지는 순전히 운에 맡겨야 한다.

'1억.'

생각해 본 적도 없는 금액이다. 혹시 모른다. 잡으면 1억이다. 세금 떼도 7천 가까이 남는다. 이놈은 무조건 잡아야 하는 NPC.

"명을 받듭니다."

게트락은 황당해했다. 척 봐도 약해 보이는 플레이어 하나와 허여멀건 노인이 뭘 어쩌겠다고? 노인의 은신술이야 뭐 그렇다 치지만,

"은신 능력이 뛰어난 건 알겠지만 네놈의 장기가 그것이 다라면 진작에 나를 공격했어야지."

모습을 드러낸 것에서 노인은 이미 죽은 목숨. 자신이 자랑

하는 쌍권총이 이마에 바람구멍을 만들어줄 것이 틀림없었다.

"나를 사칭했으니 그 죄를 죽음으로 갚아라. 하찮은 새끼야."

게트락이 총을 장전함과 동시에 룩소의 몸이 흐릿해졌다. 한주혁조차도 룩소의 움직임을 제대로 읽지 못했다.

'심안이 있었으면 마나 흐름을 제대로 읽을 수 있었을 텐데.'

스킬들을 사용할 수 없다는 게 못내 아쉽다. 룩소가 어느 정도로 강한지 아직 모른다. 레벨 40대 플레이어와 싸움을 붙여 놓았으니. 금방 판가름이 나겠지. 한번 볼까. 내 부하 NPC가 얼마나 센가.

'응?'

뭐지?

'추정 레벨 40이라며?'

벌써 끝났어? 근데 무슨 3초도 안 걸리느냔 말이다.

룩소의 몸이 사라짐과 동시에 싸움은 끝이 났다. 뭘 어떻게 한 건지 보이지도 않았다. 룩소의 몸이 사라졌고 팔을 움직였고 게트락은 사망해서 검은색 잿더미가 되어 버렸다.

'황당하네.'

너무 순식간에 끝났다.

'장로들이 생각보다 센 거야, 아니면 게트락이 생각보다 약한 거야?'

아직 모르겠다. 정보가 없다. 조금 더 경험이 쌓여야 확실히 알 수 있을 것 같다. 그건 그렇고.

'제발!'

제발 퀘스트 아이템 드랍 돼라. 제발. 제발. 제발. 속으로 외쳤다. 드랍만 되면 무려 1억이다. 1억이 굴러들어 온다.

그때. 무언가가 드랍됐다. 룩소가 그것을 챙겼다. 한주혁의 심장이 쿵쾅거리기 시작했다.

'내가 제대로 본 거 맞지?'

좋아 죽겠는데 제대로 표현을 못하겠다. 절대자로서 근엄과 체통을 지켜야 했다. 엉덩이춤이 나올 것 같지만 필사적으로 참았다.

룩소가 무릎을 꿇고 '게트락의 목'이라 이름 붙은 퀘스트 아이템을 바쳤다.

"여기, 목을 가져왔습니다. 주군이시여."

그와 동시에 알림이 들렸다.

─경험치를 획득하였습니다.

그런데 그게 중요한 게 아니었다.

'흐흐흐.'

한주혁은 '게트락의 머리' 아이템을 받아 들었다. 물론 이것은 실제 사람의 머리가 아니다. 올림푸스는 또 다른 현실을 지향하지만 지나치게 잔인한 장면을 필요 이상으로 연출하지는 않는다.

룩소가 게트락의 머리를 자른 것은 틀림없으나 피가 뿜어져 나오지는 않았다. 마치 마네킹의 목을 부러뜨린 것 같았다.

시체는 잿더미처럼 변해 없어진다. 게트락의 머리는 진짜 시체의 머리처럼 보이지 않고 마네킹의 머리 같은 느낌이었다. 그냥 아이템 중 하나로 느껴졌다. 플레이어도 NPC도 이러한 설정에 이상함을 느끼지 않았다. 이곳은 이게 당연한 세계니까.

한주혁은 아이템을 인벤토리에 챙겨 넣었다.

'진짜다! 진짜 게트락의 머리다!'

〈게트락의 머리〉
악명 높은 연쇄살인마. 게트락의 머리.
옵션: 현상금 1억 골드

좋다. 아주 좋다. 이거 1억짜리다. 문제가 있다면 자신이 직접 현상금을 수령할 수 없다는 것 정도. 하지만 방법이 없는 건 아니다. 자꾸만 히죽히죽 웃음이 새어 나오려고 했다.

'진짜 나 지금 1억 번 거지?'

정말이다. 이건 꿈이 아니었다. 꿈이 아닌 알림이 또 이어졌다.

─풀카오의 상태를 확인합니다.

-잠자고 있는 파천심공을 확인합니다.

　-레벨 10 이하에서 레벨 격차 30 이상의 NPC를 사살하였습니다.

　이 모든 상황이 안배된 상황이라는 게 느껴졌다. 이 안배된 상황들을 잘 받아먹느냐. 받아먹지 못하느냐는 플레이어인 자신에게 달린 문제고.

　-축하합니다!
　-스텝업 포인트가 주어집니다!

　스텝업 포인트까지 주어졌다. 레벨 9에서 10으로 넘어갈 수 있는 포인트. 이로써 느낌이 왔다. 지금 자신에게는 어떤 시나리오가 주어졌고 그 시나리오를 잘 따라간다면 스텝업 포인트까지 얻을 수 있다. 대연합들이 거의 독점하고 있는 이 스텝업 포인트를 말이다.

　'어차피 취직은 글렀고.'

　풀카오 상태가 된 지 오래다. 이거 풀리려면 몇 년은 있어야 하고, 그사이에 연합으로의 취직은 불가능하다. 솔직히 취직할 생각도 없다. 인생 퀘스트. 잘만 이용하면 인생이 필 것 같다. 잘만 이용한다면.

　씨익 웃었다. 풀카오. 그딴 거 알 게 뭐냐. 이렇게 쉽게 1억을 벌었는데. 1억을 갖다 바치는 NPC 부하들이 생겼는데.

퀘스트? 하지 뭐. 그 얻기 어렵다는 스텝업 포인트도 이렇게 쉽게 얻었는데 뭐. 시나리오? 열심히 따라가지 뭐. 열심히 군주인 척하지 뭐. 까짓것. 어렵지도 않다. 군주답게 명령을 내리면 되지.

"너무 소란스러워지지 않는 선에서, 주변의 모든 생물체를 사냥한다. 나의 귀환을 의미하기 위함이다."

쉽게 말해 나의 귀환을 의미하는 셈 치고, 열심히 가서 사냥해 와라. 경험치 셔틀들아. 이 말을 나름 멋지게 포장한 거다.

걸음을 옮겼다. 걸을 때마다 실시간으로 알림이 들려왔다.

─레벨이 올랐습니다.
─레벨이 올랐습니다.

숲속 생물들. 다시 말해 몬스터들을 권속들이 사냥하고 있기 때문이다. 손 하나 까딱하지 않고 있는데 레벨이 쑥쑥 올랐다. 벌써 레벨이 13이다. 평범한 사람들은 아카데미 과정을 착실히 밟아가면 빠르면 10대 중후반, 늦으면 20살에 레벨 20이 된다. 히든 클래스나 금수저들을 제외하면 보통은 그렇다.

그런데 한주혁은 불과 2주 만에 13까지 올렸다.

'어마어마한 속도야.'

어마어마한 정도가 아니라 말이 안 되는 성장 속도였다. 상식을 무자비하게 깨부수는 속도.

'좋았어.'

20년간 미친 듯이 노동력을 제공했다. 20년간 구르고 굴렀다. 그게 이제야 보상을 좀 받는 듯한 느낌이었다. 레벨 20까지는 그리 어렵지 않게 올릴 수 있을 것 같았다.

'레벨 40부터가 시작이다.'

그때부터는 심공을 활용할 수 있다. 50이 넘어가면 본격적인 공격 및 방어스킬들을 사용할 수 있다. 그때가 되면, 최상위급 랭커로 도약하는 일도 어렵지 않을 것이다. 뿐만 아니라 그의 수족이 되어주고 있는 스카이데블. 다른 말로 부하들은 매우 강력한 힘을 가진 NPC들.

한주혁은 희망과 꿈에 부풀어 올랐다. NPC들을 무일푼으로 고용하여 아이템을 얻는 회사. 그런 꿈의 회사를 만들 수 있지 않겠는가!

'취직이 안 되면 창업이다!'

무일푼으로 고용할 수 있는 NPC들이 있지 않은가!

4장
주먹으로 쳐보지 뭐

한주혁은 고민 아닌 고민을 하기 시작했다.

'게트락의 머리'를 얻은 건 좋았다. 이건 1억 골드 옵션이 붙어 있는 아이템이다. 이걸 각 마을 혹은 도시에 있는 현상금 센터에 가져다주면 1억 골드로 바꿔준다. 소정의 경험치와 명성도 준다. 문제가 있다면 한주혁이 풀카오라는 것.

풀카오가 되면 모든 공식적인 기관의 사용이 불가능해진다. 대부분의 일반 NPC와의 친밀도도 급격하게 하락한다. 가지고 있어도 돈으로 바꿀 수가 없다는 뜻이다.

'현실로 가져가서 거래를 하면…….'

그러면 신상이 털리겠지. 별로 좋지 않다. 값어치가 매우 뛰어난 물품은 보통 올림푸스 내에서 거래를 끝마친다. 그리고 지정 공식 은행에서 현금으로 교환하는 편이다.

한주혁이 말했다.

"동생아."

"왜? 혹시 용돈 필요해서 그런 거야?"

"아니, 그게 아니고."

어디서부터 어떻게 합리적이고 이성적으로 얘기를 할까 하다가 그냥 포기했다.

"만약 내가 너한테 1억 주면 어떡할래?"

"오케바리 땡큐지. 1억 너무 적어. 100억 줘."

어차피 1억 못 주는 거 누구보다 잘 알고 있다. 한세아는 이 오빠가 무슨 실없는 소리를 하는가 싶었다.

한주혁도 정확하게 설명하기는 좀 그랬다. 봉인을 풀고 나왔는데 나오자마자 NPC와 플레이어들을 학살하고 풀카오가 되었으며 유저들과 NPC를 학살하여 폭풍 레벨업을 하고 있다고 말하기는 좀 그렇지 않은가.

"밑도 끝도 없이 내가 게트락의 머리 구해주면 어떡할래?"

"뭔 말도 안 되는 소리야?"

"하여튼. 만약이라는 게 있잖아."

"어차피 불가능한 소리를 뭣하러 하는 거야?"

"말도 못 하냐? 하여튼 생각이나 좀 해봐."

"그걸 오빠가 왜 날 줘? 오빠가 팔다가 사탕이나 바꿔먹어."

"내가 그거 구해주면 나랑 반으로 나누자."

"……."

한세아는 한주혁을 물끄러미 쳐다봤다. 이 오빠가 아침부터 뭘 잘못 잡수셨나.

"……왜 쓸데없이 진지한 거야?"

"그거 내가 구할 수 있거든."

"오빠가 게트락의 머리를 구할 수 있다고?"

사실 구할 수 있는 게 아니라 이미 구했다.

"걔 추정 레벨 40 정도 돼. 오빠는 죽었다 깨나도 못…… 아니, 일단 그 결계인지 이상한 곳에서 탈출도 못 했잖아?"

"했어. 며칠 전에."

솔직히 말하기로 했다.

"사실 그놈. 내가 잡았어."

"뭐라고? 오빠가? 어떻게? 에이, 거짓말하지 마."

음. 어떻게 설명해야 할까. 설명하자면 너무 길 거 같은데.

"죽이니까 떨구던데?"

"그걸 오빠가 어떻게 잡아?"

한세아는 한주혁을 대놓고 무시한 적이 단 한 번도 없다. 오빠의 상황이 좋지 못한 상황이라는 것도 안다. 취업하라고 구박한 적도 없다. 그렇다고는 해도 한주혁이 '무능남'이라는 사실 자체를 모르는 것도 아니다.

20년간 취직도 못하고 그저 게임 속에서 시간만 보내고 있지 않았던가. 그 흔한 아카데미 졸업증도 없어서 취직도 아마 힘들 거다.

한주혁이 머리를 긁적거렸다. 그도 정확하게는 모른다. 부하가 가서 툭 치니까 죽었다. 언제 죽었는지도 모를 정도로 너무 쉽게 죽었다.

솔직하게 말했다.

"그냥 툭 치니까 죽던데."

거짓말은 아니다. 그가 죽인 건 아니고 그의 권속들. 스카이데블이 나서서 죽인 거긴 하지만. 실제로 그가 나서서 싸웠다고 해도 아마 이겼을 거다.

"게트락 추정 레벨이 40대인데?"

"내 추정 레벨은 99야. 예전에 스샷 보여준 거 못 봤어?"

스크린샷으로는 레벨이 99였다. 한때 이 스크린샷은 인터넷을 떠돌며 세간을 뜨겁게 달구기도 했다.

-진짜 99냐?

-세상에 99레벨이 존재했음?

-헐. 대박. 랭킹 1위가 88인가 89인가 그렇지 않음?

-스텝업 포인트 없어서 90으로 못 넘어간다던데. 90 스텝업은 불가능한 신의 영역이라고.

이 스크린샷의 진위를 놓고 수많은 사람이 싸웠으며 실시간 검색어와 베스트 뉴스에 오르는 기염을 토하기도 했다. 많은 영상 전문가들이 나와 조작의 의혹이 없다고 증언하기에 이르면서, 레벨 99의 플레이어에 대한 관심이 증폭되었었다.

그러나 레벨 99의 유저는 단 한 번도 올림푸스 세계에 모습을 드러낸 적이 없다. 그 정도 레벨이 되었으면 나와서 뭐라도 할 법한데. 시간이 흘러 99레벨의 플레이어는 점차 잊혀졌다. 약 10년에 가까운 시간 동안.

한주혁이 말했다.

"게트락 머리 갖고 싶으면 센티니아대륙 레프니아 산맥으로 와. 거긴 지도 공개되어 있어서 찾기 쉬울 거야. 접속하면 정확한 좌표 찍어줄게."

"오빠, 나 레벨 25인 거 잊었어? 거기 몬스터 평균 레벨이 40이 넘어. 나 죽는 꼴 보려고 그래?"

"내가 슥 훑어보니까 원거리 계열 몬스터는 없더라."

더 정확히 말하자면 스카이데블 권속들. 그러니까 장로들이 살펴봤다. 위험한 몬스터들이 있긴 있었는데 미리 다 정리했다. 리젠 시간도 꽤 긴 편이고 한세아를 위협하지는 못할 거다.

"왜 없어? 해골궁사 있잖아."

"내가 다 미리 죽여 놓을 거야."

"……."

이 오빠. 도대체 뭐라는 건가 싶다. 아니, 도무지 믿을 수 있는 말을 해야지 믿든가 말든가 할 거 아닌가. 20년간 아무것도 못 하고 있던 오빠인데 갑자기 1억짜리 현상금 퀘스트의 아이템을 가지고 있다니. 20대 중후반의 나이로 어떻게 레벨 40대의 해골궁사를 쓸어버린단 말인가. 그녀가 알기로 한주혁에게는 유능한 파티원도 없는데.

"근데 오빠. 왜 굳이 그쪽으로 오라는 거야?"

"음."

그냥 간단하게 사실만 말하기로 했다.

"나 카오거든."

"엥?"

순간 그녀는 귀를 의심했다. 카오 상태에서는 취직이 불가능하다. 오빠의 말을 들어보니 그 이상한 결계에서 나오긴 한 것 같은데.

"취직 안 하려고 작정했어?"

아니. 그럴 리 없다. 오빠가 누구보다도 취직을 간절히 원하는 걸 잘 알고 있는 그녀다.

"아니지. 몇 단계 카온데? 1단계?"

한주혁이 고개를 저었다.

"설마 2단계?"

"아니."

"에이. 말도 안 돼. 그럼 3단계야?"

"아닌데."

한세아의 표정이 급속도로 어두워졌다. 단계가 심화될수록 페널티도 커지며, 카오가 풀리는 시간도 오래 걸린다.

"그럼…… 4……?"

한주혁이 머리를 긁적거렸다.

"아니. 풀카오."

한세아는 반쯤 믿고, 또 반쯤은 안 믿는 심정으로 레프니아 산맥으로 향했다.

"이걸 위해서 반차까지 썼는데."

만약 오빠가 거짓말을 한 거면 결단코 용서하지 않으리라. 이번 달은 용돈 따위 없을 줄 알아.

레프니아 산맥 입구. 경비병들이 그녀를 말렸다.

"너는 금방 죽을 거야."

"괜찮아요. 죽어도 어차피 살아나는데 뭐."

그래. 뭐 어차피 밑져야 본전이지. 그녀는 한주혁이 일러준 좌표를 따라 걸어갔다. 경비병들이 뒤에서 외쳤다.

"우린 분명히 경고했다!"

"죽어도 우리 탓을 하면 안 된다!"

지도도 미리 구입해서 스캔했다. 대략적인 지형은 알고 있다.

"근데……."

이쯤은 해골궁사가 종종 나타나는 지역이니 조심하라는 내

용이 있었는데,

"진짜 없네?"

이거. 운이겠지?

……라고 억지로 생각했지만 운이 아니라는 건 너무나 잘 알고 있다.

'운은 아냐. 이렇게 조용한 건 누가 사냥터 청소를 했을 때나 가능한 건데.'

오빠의 말이 사실인 것 같은 기분이 자꾸만 들었다. 레프니아 산맥으로 들어온 지 벌써 3시간이 흘렀다. 그사이 몬스터를 단 한 마리도 보지 못했다. 누군가 청소를 한 것이 틀림없었다.

'거의 다 왔다.'

그런데 한주혁이 알려준 좌표로 가면 갈수록 이상하게 점점 더 조용해졌다. 몬스터뿐만 아니라 생물체 자체가 없는 것처럼.

'대박이네……. 진짜 조용해.'

레프니아 산맥이 원래 비인기 사냥터이기는 하지만, 그래도 토파즈 원석이라는 수입이 제법 짭짤한 아이템을 떨구는 곳이기도 하다. 토파즈 원석 노가다를 뛰러 오는 노가다꾼들이 있을 법한데, 아무도 없었다. 몬스터도 보이지 않았다. 뭔가 이상했다.

그리고 한주혁을 만났을 때, 그녀는 깜짝 놀랐다.

"으악! 기척 좀 내고 있지!"

외모는 한주혁과 많이 달랐다. 올림푸스는 키와 몸무게를 조정할 수 있고 성형도 가능하다. 체구와 성형을 통해서 얼굴을 얼마든지 바꿀 수 있다. 피부색까지도 바꿀 수 있는 곳이 바로 올림푸스다. 돈만 있으면 폴리모프 아이템으로 얼굴도 바꿀 수 있다.

"왔냐?"

한세아가 입을 쩍 벌렸다.

"와……. 미친 거 아니야?"

보자마자 느껴졌다. 정말 어마어마하게 깊은 수준의 '살인자의 표식'이 느껴졌다. 풀카오라더니, 저렇게 심한 마기가 흘러나오는 건 처음 본다. 레벨 25의 순진무구한(?) 한세아가 보기에는 지나치게 지독한 마기였다.

"설마 NPC까지 죽였어?"

그렇지 않고서야 저런 풀카오가 되는 것도 쉽지 않을 텐데. 한주혁은 동생과 농담 따먹기를 하고 싶은 생각은 별로 없었다. 남매간의 대화는 이 정도로 충분했다.

"자."

거래시스템을 활성화할 필요도 없었다. 한주혁은 게트락의 머리를 인벤토리에서 꺼내서 바로 전달했다. 아이템을 받아든 한세아는 말을 잇지 못했다.

"헐. 대박."

진짜였다. 이 오빠. 20년간 허풍을 쳐서 이번에도 허풍인
줄 알았더니.

"나 지금 꿈꿔?"

중소연합에 입사해서 뼈 빠지게 노가다를 뛰는 한세아다.
야근까지 열심히 하는데도 수입은 월 200만 원이 채 안 된다.
그런데 1억짜리 아이템이 눈앞에 있었다. 1억. 레벨 25의 그
녀에게는 꿈의 숫자였다.

한주혁이 씨익 웃었다.

"특수옵션 확인해 봐. 현상금으로 바꿀 수 있다고 되어 있지?"

"일. 십. 백. 천. 만. 십만. 백만. 천만. 억……."

억. 진짜 억이었다. 그녀에게는 감이 잘 안 오는 금액.

"진짜 1억이야, 오빠."

1억은 동생을 춤추게 했다. 한세아는 한주혁의 팔을 잡고
방방 뛰었다.

"진짜야. 오빠. 진짜라고! 와! 대박!"

"먹고 튀면 죽는다."

"와! 오빠! 1억짜리야! 이거 진짜 오빠가 구한 거야? 대박!
오빠. 진짜 뭐 어떻게 한 거야? 와. 이건 진짜 말이 안 나와.
대박. 그냥 대박!"

한세아는 현상금 센터로 향했다. 현상금 센터의 NPC에게
다가가 말했다.

"퀘스트 아이템을 가져왔습니다."

그 순간까지도 긴가민가했다. 감이 잘 안 왔다.

"여기 올려놓으십시오."

현상금 센터의 NPC는 수동형 NPC다. 능동형 NPC들처럼 스스로 생각하고 움직이지 않는다. 다만 주어진 업무만을 처리한다. 아주 단순한 업무들을 말이다. 수동형 NPC들을 눈으로 쳐다 보면(이것을 클릭이라 한다) 퀘스트창이 열리고 그 창에 인벤토리에 있는 아이템을 올리면 된다.

－축하합니다!

－수배자. 게트락의 머리를 확인합니다.

－게트락을 사살하라! 퀘스트가 클리어되었습니다.

－현상금 100,000,000골드가 지급됩니다.

그녀는 눈을 크게 떴다.

'헐.'

이건 말이 안 됐다.

'대박.'

대박이란 말밖에 할 수가 없었다. 1억 골드라니. 이런 큰돈은 만져본 적이 없다. 침을 꿀꺽 삼켰다. 정말로 1억 골드가 생기자 욕심이 생겼다. 그녀가 흐흐, 하고 웃었다. 그러면 이제,

'이걸로 햄버거 좀 왕창 사 먹어야지.'

그 좋아하는 햄버거를 왕창 사 먹어야겠다. 걱정 따윈 하지 않고 말이다! 종류별로 한 12개쯤 시켜놓고 한 입만 먹고 버려야지! 부르주아 흉내 내야지!

다시 3시간이 걸려, 한세아는 레프니아 산맥으로 되돌아갔다. 그리고 골드 주머니를 건넸다.

"여기."

한주혁이 골드 주머니를 받아보니 안에는 9,900만 골드가 들어 있었다. 한주혁이 고개를 갸웃했다.

"반 준다니까?"

"오빠가 20년간 고생해서 처음 얻은 건데. 내가 날름 꿀꺽할 순 없잖아. 그래도 1억 벌었는데 나 용돈으로 100만 원만 쳐줘. 나 이제 다시 복귀해야 되거든? 집에서 봐. 오늘 내가 햄버거 살 테니까 엄빠랑 저녁 먹자!"

한세아는 한주혁이 뭐라고 하기도 전에 뛰어갔다. 한주혁은 손에 들린 골드 주머니를 다시 한번 확인했다. 진짜다. 진짜 9,900만 골드가 손에 들어왔다.

9,900만 골드는 공식 교환소에서 현금과 거의 1:1 비율로 교환이 가능하다. 수수료와 세금을 제하고 나면 약 8,000만 원 정도 될 거다.

'8천만 원……!'

이건 꿈의 액수가 아니었다. 실제로 8천만 원이었다. 대연합에 들어가서 돈 잘 번다는 놈들의 초봉이 약 4천만~5천만 골드 정도 된다는 것을 감안하면 엄청난 금액이라 할 수 있었다.

그가 씨익 웃었다.

'역시 내 인생 퀘스트가 맞아.'

까짓것 풀카오가 되면 어떤가. 8천만 원이 한 방에 들어오지 않는가. SSS급 퀘스트를 제대로 시작도 안 했는데 그냥 부수적으로 8천만 원이 생겼다. 그냥 툭 쳤는데. 이걸 제대로 클리어해 나가면 어떤 보상이 주어질지 가늠조차 되지 않았다.

'겸사겸사 수배자 놈들도 잡고.'

게트락처럼 1억짜리 수배자들은 퀘스트가 떨어진다. 연합장들은 그 퀘스트를 수주받는다. 그렇게 퀘스트를 받으면 수배자의 위치나 성향, 레벨, 약점 등등이 공유된다.

'근데 그런 거 필요 없잖아.'

레벨 역보정이 있는 상태이지만, 장로들을 이용하면 레벨 40대도 아주 쉽게 잡는다. 레벨 역보정 때문에 50 이상은 어떻게 될지 모르겠지만, 최소 40대만 하더라도 그게 어디인가. 그뿐이랴.

'몬스터도 잡을 수 있잖아?'

아이템은 물론이고 수입의 핵심이 될 에너지 스톤도 얻을 수 있을 거다. 이번에 번 8천만 원 정도는 껌값으로 생각할 수 있을 정도의 청사진이 그려지는 거다.

그는 장로들과 함께 이동했다.

─레벨이 낮아 해당지역에 입장할 수 없습니다.
─해당지역의 레벨 제한은 17입니다.

지금은 일분일초가 아까울 때다. 폭풍 같은 성장이 필요할 때. 상위급 사냥터로 가면 갈수록, 그만큼 더 강한 몬스터와 수배자를 만날 수 있을 거다.

그래서 결심했다.

'초반에는 현질이지.'

미래를 위한 투자를 감행하기로 했다.

한주혁은 컴퓨터 앞에 앉아 올림푸스 매니아에 올라와 있는 매물들을 검색했다.

그에게 지금 가장 필요한 건 '경험치 상승' 아이템이다. 경험치 상승 아이템은 상대적으로 인기가 별로 없다. 경험치 상승 아이템을 낄 바에야 차라리 좀 더 강력한 무기와 단단한 방어구를 차고서, 좀 더 높은 레벨의 몬스터를 잡는 것이 레벨이 더 빨리 오르기 때문이다.

'무기. 방어구. 뭐 이런 건 다 필요 없고.'

그런데 지금의 한주혁에게 있어서 더 강력한 무기나 방어구는 쓸모가 없다. 한주혁의 레벨은 15. 지금 그의 능력이라면 40대 레벨 몬스터 정도는 아주 쉽게 잡을 수 있다. 물론, 그 이상도 가능하겠지만 아직 시도해 보지 않아서 잘 모른다.

'더 상위 레벨 몬스터도 잡아볼 필요는 있어.'

스텝업 포인트 없이 레벨 9에서 10으로 넘어갔다. 아마도, 레벨 격차가 아주 많이 나는 NPC 혹은 몬스터를 한 번에 잡았기 때문이 아닐까. 그렇게 생각하고 있는 중이다.

'확인해 봐야 알겠지.'

그건 확인을 해보면 알 터.

'어디 보자.'

딸깍. 딸깍. 마우스를 움직였다. 그리고 육성으로 욕을 내뱉었다.

"미친 거 아냐?"

뭔 놈의 아이템이 이렇게 비싸?

"레벨 제한 10짜리 반지가 600만 원?"

고작 경험치 상승률이 7퍼센트밖에 안 되는데? 이 판매자 새끼. 아무래도 팔 생각이 없는 거 같다. 일단 비싸게 올려놓고 팔리면 좋고, 말면 말고. 이런 느낌인 것 같다. 그래서 다른 것도 봤다. 그리고 그는 계속해서 욕했다.

"겨우 이딴 게 800만 원이라고?"

올림푸스의 아이템 시세에 거품이 많이 껴 있다는 사실은 이미 알고는 있었다. 수많은 장사꾼, 돈 많은 부호들이 아이템을 선점하고 싹쓸이하여 시세를 높게 만들고 있었다. 이들을 '투기꾼'이라 부른다. 정부는 이들을 알면서도 모른 척한다. 투기꾼들이 아이템을 비싸게 팔면 그만큼 세금도 많아지니까.

"와. 그래도 이건 정말 너무하네."

겨우 이런 아이템들. 저렙용 아이템들이 무슨 몇백만 원씩 한단 말인가.

"이건 또 뭐야?"

심심풀이로 '쩔' 혹은 '과외'라고 불리는 매물을 살펴봤다.

"1주일 2시간. 주 2회. 고액 쩔? 600만 원?"

후기도 보니 좋다더라, 역시 대연합 소속 플레이어는 다르다더라, 이런 식의 후기까지 올라와 있었다.

여태껏, 그러니까 약 20년 동안 스승새끼에게 붙잡혀 살았다. 그래서 현실 감각이 좀 떨어졌었다. 이렇다더라, 저렇다더라 얘기를 듣기만 들었지 이렇게 체감한 것은 처음이다.

"이래서 금수저론이 나오는구만."

돈 있는 놈들은 1주일에 600만 원짜리 과외를 받아 속성으로 빨라지고 요령을 배운다. 또 좋은 아이템으로 무장하고 빠르게 레벨업을 한다. 그래서 또다시 사회 상류층으로 진입한다. 거기서 더 빨리 성장하며 또 하나의 신분제 사회를 만든다.

그건 그런데,

"미치겠군."

아이템을 사야 돼? 말아야 돼? 고민을 조금 했다.

'반지 4개. 목걸이. 팔찌 2개. 발찌 2개. 귀걸이 1쌍. 도합 9개 해서 7,000만 원 정도 하네.'

처음 번 돈이다. 소비라는 게 익숙하지 않은 그의 손이 바들바들 떨렸다.

'그래도⋯⋯.'

지금은 투자를 할 시기라고 과감하게 판단을 내렸다. 지금의 7천만 원이 나중의 7억 원이 되어서 돌아오리라! 눈 딱 감고 질렀다. 이 어마어마한 시세가 욕 나오기는 했지만, 그래도 시세를 조정할 수는 없는 법이니까.

한주혁이 크게 소리 쳤다.

"한세아! 이리 와봐!"

마침 퇴근한, 다시 말해 캡슐에서 빠져나온 한세아는 '아 왜 사람을 오라 가라 난리야?'라면서 투덜거렸지만 어쨌든 한주혁에게 가까이 다가왔다.

"내 대신 아이템 거래 좀 해줘."

"⋯⋯나 방금 퇴근했는데?"

"나중에 돈 많이 벌면 한 달에 10만 원씩 용돈 줄게."

"⋯⋯13만 원."

"콜."

한세아는 인상을 찡그렸지만 이내 알았다고 하고 다시 접속했다. 거래를 끝마친 한세아는 또다시 레프니아 산맥으로 향했고 거기서 비밀접선이 이루어졌다.

한세아가 투덜거렸다.

"이런 쓸데없는 템 살 돈 있으면 차라리 여기다가 워프포인트 하나 만들어줘. 1회 사용할 때마다 30만 골드야."

한주혁이 일단 100만 골드를 건넸다.

"앞으로도 종종 부탁해. 90만 골드는 워프포인트 지정하는 데 쓰고, 10만 골드는 용돈."

"장난해?"

"뭐가?"

"워프포인트 첫 지정에는 300만 골드 필요한데?"

"······."

한주혁은 자꾸만 인벤토리의 골드가 줄어드는, 피 말리는 느낌을 받아야 했다.

한주혁은 아이템 9개. 그러니까 경험치 획득률을 높여주는 반지, 목걸이, 팔찌, 발찌, 귀걸이를 착용했다. 착용해 놓고 보니 꼴불견이라서 비가시화 상태로 돌렸다. 장신구는 눈에 보이지 않도록 설정하는 것이 가능했다.

'일단 레벨 17은 찍어야 하는 건가.'

한주혁이 말했다.

"이곳을 지나칠 수 있는 자격을 좀 얻어야겠다. 너희도 알

다시피 나는 지금 커다란 금제에 걸려 있는 상태. 몬스터를 잡아 금제를 풀어야 이 지역을 지나칠 수 있다. 레벨 17을 넘어야 한다. 현재 내 레벨은 15. 턱없이 부족하다. 스카이데블의 부흥을 위하여 너희들의 도움이 필요하다."

내 레벨은 15인데, 17까지 올리자. 이왕이면 19까지.

이 말은 곧 스카이데블의 부흥을 위한 위대한 발걸음으로 포장되었다. 스카이데블은 그 말을 이해했다. 지금 주군은 어떠한 금제에 걸려 있는 상태고, 그 금제에서 풀리기만 한다면 스카이데블을 예전처럼 다시 부흥시켜 줄 수 있을 것이라 믿어 의심치 않았다. 적어도 지금 시점에서는.

"알겠습니다."

현재 그들이 있는 곳은 레프니아 산맥. 레프니아 산맥을 넘어 제프 산맥으로 이동했다. 레벨 40대 이상의 몬스터들이 출몰하는 곳이다.

경험치를 많이 주는 '카우카우'라는 몬스터가 떼를 지어 몰려다니는 곳이라 30대 중반에서 40대 중반까지의 플레이어들이 많이 찾는 곳이기도 하다.

지금 이곳에도 카우카우를 잡으려는 파티원들이 모여 있었다. 숫자는 약 8명. 그중 한 명이 홀로 걸어오는 한주혁을 발견했다.

"어? 풀카오다!"

그들은 풀카오를 보자마자 반색했다.

"안 그래도 명성 필요했는데. 나 한 명만 더 잡으면 영웅이야."

"근데 엄청 약해 보이네?"

레벨 45. 카우카우 사냥팀의 리더인 오창우는 나름대로 노련한 사냥꾼이었다. 중소연합이긴 하지만 부장 자리를 차지하고 있는 그다.

"아이템도 전부 기본 아이템이고."

그렇다는 말은, 이미 많이 죽어서 아이템을 모두 드랍했다는 소리다. 많이 죽었다? 그러면 별 볼 일 없는 플레이어다.

게다가 이쪽은 8명. 몬스터를 잡기 위한 구성이다. 성직자와 원딜(원거리에서 공격하는 클래스)도 포함되어 있다. 8명이 아니라 16명의 힘을 내는 조합이다. 오창우는 자신들의 승리를 믿어 의심치 않았다.

오창우는 목을 돌리고 몸을 풀었다.

"저놈은 우리를 제대로 발견조차 못 했어."

거리가 조금 있다고는 하지만 아무리 그래도 저놈은 시야까지 좁은 놈이었다. 초보들이 흔히 저지르는 실수를 하고 있는 거다. 초보들은 시야가 매우 좁다. 바로 앞밖에 못 본다. 저놈이 딱 그래 보였다.

"시야도 좁아 보이고."

오랜만에 풀카오 잡아서 명성도 좀 올리고 운 좋으면 골드도 좀 드랍해 주고. 그리고 '영웅효과'까지 적용되면 카우카우를 좀 더 빠르고 쉽게 잡을 수 있을 거다.

"전투 준비."

각자 스킬트리를 PK모드로 조정했다.

"사정권에 들어오면 속박 먼저 걸어. 도망치지 못하도록."

"옛썰, 부장님."

얼마 뒤, 한주혁에게 알림이 들려왔다.

ㅡ외부의 능력이 신체를 구속하려 합니다.

몸에 아주 살짝, 찌릿한 감각이 느껴졌다. 하지만 아무렇지
도 않았다. 쉽게 표현하자면 모기 한 마리가 목덜미에 앉은 것
같은 그런 느낌이었다.

오창우는 확신했다.

"놈은 법사 계열이다."

아이템도 없이 속박마법에 저항했다. 그렇다면 저항률이
높은 법사 혹은 성직자 클래스일 확률이 높았다. 어찌 됐든
정확한 클래스는 중요하지 않았다. 방어구가 없는 '지능 높은
캐릭터'는 PK시 아주 편하게 잡을 수 있다. 거리만 좁히면 말
이다.

"유 과장이 워프나 블링크 못 쓰도록 방해해."

유 과장이라 불린 남자가 쌍권총을 장전했다. 데미지를 입
히려는 건 아니다. 빠른 연사 공격을 통해 스펠을 외우지 못

하도록 방해하려는 거다.

"김 대리랑 나랑 접근한다."

유 과장의 엄호가 있고, 김 대리와 자신이 빠르게 접근하면 풀카오를 잡을 수 있을 거라 생각했다. 그때 그 풀카오가 말했다.

"지금 돌아가면 그냥 살려줄 수도 있는데."

"헛소리!"

오창우는 이미 저런 놈들을 많이 겪어왔다. 43세의 나이로 부장 자리까지 오른 그다. 진짜 능력이 있고 강한 풀카오는 일단 플레이어를 죽이고 본다. 풀카오까지 갔으면 갈 데까지 간 거다. 다시 일반 플레이어로 돌아오기 힘들다. 그래서 플레이어를 보면 일단 죽이고 본다. 그런 의미에서 저 풀카오는 허세를 부리는 풀카오라는 것.

"허세는 여기까지다."

그가 달려들었다.

"트아앗!"

오창우의 대검이 붉은색 이펙트를 뿜내며 한주혁의 목에 날아들었다. 한주혁이 무미건조한 표정으로 물었다.

"근데 레벨이 어떻게 돼요?"

오창우는 대답하지 않았다. 이쪽의 레벨을 굳이 알려줄 필요 없지 않은가. 더욱더 초보라고 확신했다. 이쪽의 아이템을 살펴보면 레벨이 대충 몇 정도 될지 감이 올 텐데.

파티원들끼리는 자신이 어떤 스킬을 사용하는지 얘기해 주는 것이 법칙이다. 그래야 원활한 플레이가 이루어지니까.

오창우가 붉은색 궤적을 그리며 스킬을 쏟아냈다.

"블레이드 어택!"

검사 특유의 재빠른 몸놀림. 화려한 붉은색 이펙트. 공간조차도 베어버릴 듯한 붉은색 잔상. 화려했다. 확실히 초보는 아니었다. 과연 레벨 45. 중수라 불리는 레벨의 플레이어다웠다.

멀리서 엄호사격을 하고 있는 유 과장은 뭔가 이상함을 느꼈다.

'H/P바가……'

전혀 줄어들지 않고 있다.

'아무것도 안 끼고 있는데?'

방어구조차도 안 끼고 있는데?

'게다가 법사 캐릭이 확실한데?'

법사 캐릭터가 아무런 방어구도 없이 45레벨 검사의 스킬을 아무렇지도 않게 그냥 흘려 버린다? 그렇다면 가장 가능성 높은 것은 '방어 계열의 보조마법'을 극성으로 익힌 마법사라 할 수 있겠다.

그런데 유 과장은 확실히 봤다.

'방어 계열 마법을 사용하지도 않았어.'

캐스팅조차 하지 않았다. 마법을 사용할 때의 이펙트조차도 발견되지 않았다.

그렇다는 말은,

"놈은 미리 PVP를 준비하고 다가온 놈이 틀림없습니다! 작정하고 왔습니다."

미리 마법들을 몸에 걸어놓고 왔다는 소리다.

레벨 28. 김 대리가 쌍검을 휘둘렀다.

"십자 베기!"

붉은색 궤적과 푸른색 궤적이 오묘한 조화를 이루며 풀카오를 잡아먹을 듯 그 위용을 뽐냈다.

한주혁은 고개를 끄덕였다.

'대충 보아하니 레벨 40대 정도랑 20대 후반 정도 같은데.'

대연합 소속은 아니고 중소연합 소속인 것 같다. 대연합과 중소연합의 실력 차이와 장비빨은 차이가 심하니까.

'어쨌든 뭐. 40대 정도의 공격은 아무렇지도 않네.'

그렇다면 자신이 공격하면 어떻게 될까? 그것도 시험해 봐야 했다.

'스킬 사용하면 한 방인데.'

그러나 지금은 그 어떤 스킬도 사용할 수가 없다. 제대로 된 스킬들은 적어도 레벨 50은 되어야 제대로 된 활성화가 가능하니까. 지금 믿을 거라곤 온전한 몸뚱이밖에 없다.

'스킬은 못 쓰니까.'

일단은,

'주먹으로 쳐보지 뭐.'

플레이어를 상대로 어느 정도 위력이 나올지 궁금했다. 스탯은 높은데 레벨이 너무 낮다. 그래서 레벨이 약 30 정도 차이 나는 플레이어를 상대로 얼마만큼의 역보정을 먹을지 궁금했다.

쌍권총을 쏘아대던 유 과장이 소리쳤다.

"부장님! 조심하십시오! 놈이 마법을 준비합니다! 여태까지 가만히 있던 것으로 보아 큰 마법일 확률이 높습니다!"

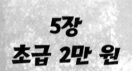

5장
초급 2만 원

유 과장은 확신했다. 저놈은 마법사다. 주력으로는 방어 계열 마법을, 그리고 공격 계열 마법 한두 가지로 크리티컬을 노리는 PVP 마법사.

'레벨은 약 30 정도 되겠지.'

정말로 높게 쳐준다면,

'운이 정말로 좋다면 40대.'

이것도 정말 높게 쳐준 거다. 이 이상은 저 남자의 나이로 미루어보아 절대로 불가능하다. 천재들이라 해도 나이와 경험을 지나치게 능가하는 레벨은 갖지 못한다. 마기 때문에 정확하진 않지만 20대 후반 정도의 나이로 유추가 된다. 그렇다면 아무리 능력 좋고 뛰어나 봐야 레벨 40이란 소리다.

물론 한주혁의 레벨은 15. 저렙이지만 그는 그것까진 알 수 없었다.

'맨몸인 데다가 젊어 보여서 방심했지만.'

그렇지만 이제 파악이 됐다.

'몬스터 대량 사냥은 힘든 타입이지.'

방심한 플레이어를 상대로 강력한 한 방을 먹여 싸우는 것. 단일 개체를 상대로 할 때 아마 큰 힘을 발휘하리라. 몬스터들보다는 방심한 플레이어 1인을 상대하는 것이 훨씬 쉽고 더 빠른 레벨업이 가능할 것이다.

"제가 엄호하겠습니다!"

이미 다 알아냈다. 저놈의 패턴. 분석 끝이다. 모르면 상대하기 까다로울지 몰라도 알면 상대하기가 매우 쉽다. 커다란 마법은 그만큼 긴 준비 시간과 복잡한 스펠 그리고 구동이 필요하다. 자신의 '언스펠 샷'은 대마법사 전용 스킬이다.

파티채팅으로 말했다.

―언스펠샷을 사용합니다!

언스펠 샷. 마법사들이 마법구동을 제대로 하지 못하도록 방해하는 역할을 한다.

'블링크도 사용 못 하는 허접 따위……!'

블링크(짧은 거리의 순간이동)를 사용하며 현란한 몸놀림을 보이는 마법사들에 비하면 상대하기가 훨씬 쉽다. 멈춰 있는 과녁은 그만큼 맞추기 쉬우니까.

"언스펠 샷!"

한주혁도 준비를 끝마쳤다. 사실 준비랄 것도 없었다. 그냥 마음의 준비가 조금 필요했을 뿐이다. 내가 이 정도 되는 애한테 어느 정도 맞아도 되는지. 또 맞으면 얼마만큼 H/P가 떨어지는지 말이다. 그것도 이제 파악이 됐다. 주먹을 쥐었다.

'설마 한 방에 죽진 않겠지?'

그래도 레벨 차이가 30쯤 날 거 같은데. 한 방일 리는 없잖아.

'일단 대장으로 보이는 이 아저씨부터.'

주먹을 내질렀다.

퍽!

소리와 함께,

"부장님!"

"부, 부, 부, 부장님!"

알림이 들려왔다.

―풀카오 상태가 유지됩니다.

―살인자의 표식이 더욱 진해집니다.

―Suffenus(악명)가 더욱 높아집니다.

오창우 부장은 주먹의 이슬로 사라졌다. 오창우 부장이 이끌던 팀원들은 황당해했다.

'마, 마, 말도 안 돼!'

언스펠 샷은 정확하게 들어갔다. 크리티컬샷은 띄우지 못

했으나 그래도 영향을 끼쳤을 거다. 저 마법사도 마법을 제대로 사용하지 못했다는 뜻이다. 그런데 어떻게 한 방에 오 부장님을 죽여 버릴 수 있단 말인가. 평타. 즉, 주먹처럼 보이는 저 괴상한 마법은 뭐란 말인가.

"이 개새끼가!"

오 부장과 함께 돌격했던 김 대리는 분노했다. 그의 일갈에 뒤에서 얼빠져 있던 유 과장도 정신을 차렸다.

'그래.'

오 부장님은 딜러다. 딜러란 공격을 담당하는 역할. 공격력은 강하지만 방어력은 형편없이 낮다. 특히나 오 부장은 더욱 그렇다. 이 팀에 든든한 탱커인 김 대리가 있다 보니 방어보다는 공격에 치중한 캐릭터 세팅을 해오지 않았던가.

'김 대리라면……!'

김 대리라면 충분히 제압이 가능할 거다. 저 마법사도 방금 커다란 공격마법 하나를 사용하지 않았는가. 이제 그런 공격이 또 나오려면 시간이 걸린다는 소리다.

"놈이 마법을 준비하려면 시간이 좀 걸릴 거다!"

그런데 한주혁에게 조금 다른 알림도 들려왔다.

-명예를 더럽힌 이를 용서하지 않는 강력한 모습을 보여주었습니다.

-권속들의 충성심이 강화됩니다.

－최소 요건 충족이 확인됩니다.

－비활성 스탯이 활성화됩니다.

비활성 스탯이 활성화됐다.

'오, 진짜냐?'

운이 좋아야 개화시킬 수 있는 비활성 스탯. 과연 어떤 스 탯으로 변모할까. 궁금해졌다.

－카리스마가 활성화됩니다.

－카리스마의 기본 수치는 10으로 설정됩니다.

겨우 레벨 15에 비활성 스탯을 활성화시켰는데, 심지어 그 게 카리스마다.

'오…….'

잘은 모르겠지만 좋아 보이지 않는가. 카리스마. 이걸 확인 하느라 시간이 조금 걸렸는데, 생각해 보니 그는 지금 전투 중 이었다.

'싸우는 걸 깜빡했네.'

김 대리인지 오 대리인지 자신 또래의 젊은 남자 하나가 커 다란 망치를 휘둘러 대고 있는 것이 느껴졌다.

저쪽, 후방에서 열심히 서포트를 하고 있는 남자가 또 외쳤다.

"내 예측이 맞다면 이제 곧 마법이 풀릴 거다! 방어마법이 풀리는 즉시 강한 한 방 먹여! 지금은 어차피 못 움직이는 페널티에 걸려 있을 거다!"

한주혁은 고개를 갸웃했다.

'마법?'

무슨 마법?

마법 따윈 없다. 주먹을 내질렀을 뿐이다. 주먹은 기본 공격이고, 당연히 쿨타임도 없다. 준비자세도 딱히 필요 없다. 시간이 오래 걸리는 것도 아니다. 그냥 주먹을 내뻗었다.

퍽!

소리와 함께,

−풀카오 상태가 유지됩니다.

−살인자의 표식이 더욱 진해집니다.

−Suffenus가 더욱 높아집니다.

또 알림이 들려왔다. 황당하게도 탱커인 그마저 한 방에 죽었다.

"기, 기, 김 대리!"

"김 대리님!"

김 대리가 사망했다. 사망한 캐릭터. 그러니까 검은색 잿더미가 말했다.

−그냥 모두 도망쳐요. 우리가 상대할 수 있는 놈이 아닙니다!

오 부장도 강제 로그아웃 직전에 말했다. 시간이 없는 듯, 다급하게 줄여서 얘기했다.

－도망! 책임 ㄴㄴ! 그냥 ㅌㅌ!

도망쳐도 책임을 묻지 않겠다는 뜻이다. 모두 도망치라는 뜻이다.

유 과장은 현실을 파악했다. 저 마법사 놈은 일반 마법사가 아니었다. 그러고 보니 레벨 60대가 넘어가면 얼굴도 변형할 수 있다고 들었던 것 같다. 60대 이상의 고레벨이 지금 초보 행세를 하고 있는 것이 틀림없었다.

'근거리 전투 위주의 근거리 마법사!'

딱 한 명. 떠올랐다. 레벨 50대의 카오 마법사. 플레이어 사냥꾼 루펜달.

'루펜달이다!'

루펜달 말고는 이 상황을 설명할 수가 없었다. 그렇다. 이건 애초에 싸움이 되지 않는 상황이었다.

'제기랄.'

이번에 죽으면 하루치 급여가 다 날아간다. 프로젝트 실패다. 문책도 들어올 거고 인사에도 안 좋은 영향을 끼칠 거다. 다만 부장님이 도망치라고 했으니 어떻게든 살아남는 것이 좋았다.

하지만 상대가 루펜달이라면 도망도 불가능하다. 왜냐하면 루펜달은 블링크를 자유롭게 사용하며 플레이어를 농락하는 전투마법사니까.

'블링크를 사용하지 않으면서 우릴 농락한 거다!'

아니나 다를까. 저 악명 높은 루펜달이 씨익 웃었다.

"올 때는 마음대로지만, 갈 때는 아니란다."

이놈들이 먼저 쳤다. 어차피 이건 당연한 상황이다. 플레이어는 풀카오를 노리고, 풀카오는 플레이어들을 노린다. 어차피 이제 양립할 수 없다. 건널 수 없는 강을 이미 건너버린 것.

몸을 살짝 구부렸다가 앞으로 뛰었다. 그랬는데, 유 과장은 깜짝 놀랐다.

"브, 블링크!"

물론 아니다. 그냥 뛰었을 뿐이다. 그런데 그게 레벨 30대 초중반의 유 과장에게는 블링크처럼 보였다.

'역시 루펜달!'

루펜달이 확실했다. 회사에 보고를 올려야 했다. 루펜달은 절대 만나면 안 될 부류의 카오다. 보고를 올려야 이곳을 당분간 피하지 않겠는가.

도망가는 유 과장의 뒤통수를 내려쳤다.

─레벨이 올랐습니다.

한주혁이 씨익 웃었다. 벌써 레벨 16다. 남들은 몇 년씩 걸릴 구간인데, 3일도 안 걸렸다.

'이 속도라면……'

스텝업 구간이 있기는 하겠지만 그래도 본래의 힘을 빠르게 되찾을 수 있을 것 같았다.

⁂

플레이어들을 죽였는데 안타깝게도 아이템은 드랍하지 않았다. 카오가 아닌 이상, 아이템 드랍확률은 10퍼센트에 불과하다.

'아이템이 하나도 없네.'

기본용 칼이라도 차고 싶은데, 그 기본용 칼을 어디서 구할 수도 없다. 무기나 방어구 같은 건 드랍율도 희박하다.

아쉽다. 아쉽지만 뭐 어쩌랴. 주먹이 세면 됐지. 일단은 이것에 만족하기로 했다.

"이동한다."

스카이데블의 본거지로 이동하면서 눈에 보이는 몬스터들은 깡그리 다 잡았다. 그는 테이머가 아닌데 테이머처럼 군림했다. 12명의 권속들은 주변 몬스터의 씨를 말려 버렸고 일정 거리 내에 있는 몬스터들은 그에게도 경험치가 주어졌다.

─레벨이 올랐습니다.

─레벨이 올랐습니다.

─레벨업에 필요한 경험치를 모두 획득했으나 레벨업이 불가능

합니다.

-스텝업 퀘스트가 필요합니다.

한주혁은 풀카오. 보통 스텝업 퀘스트를 얻을 수 있는 연합으로의 취직은 물 건너갔고, 스텝업 포인트를 얻으려면 특별한 퀘스트가 필요했다.

'방법이 있겠지.'

없을 수는 없다. 이 세계에는 많은 풀카오가 있다. 그들은 그들 나름대로 방법대로 레벨을 올렸다.

약 일주일간의 여정이었다. 그의 권속인 7장로는 퀘스트가 진행되고 있는 현재 시점에서 거의 무한에 가까울 정도의 강력한 신뢰와 충성을 보내왔다.

그리고서 결국 도착할 수 있었다.

'여기는…….'

위대한 탐험가라 칭송받는 '콜럼'이 약 6년 전 발견했는데, 이것이 무엇인지 전혀 밝혀지지 않은 워프 포탈이었다.

그 당시 콜럼은 이렇게 썼다.

"레프니아 산맥을 거쳐 제프 산맥을 넘고, 알킨토의 동굴을 지나면 사막지대가 나온다. 사막지대 서쪽 끝 지점에 사용하지 않는 워프 포탈이 있다. 사용된 흔적을 찾아볼 수 없었으며 어떠한 기능이 있는지도 모르겠다. 아마 망가진 워프 포탈 혹은 올림푸스 내의 조형물 같은 것이라 짐작된다."

이 근처에는 이렇다 할 몬스터도 없고, 도시와도 매우 멀리 떨어져 있는 곳이라 인적이 거의 없는 수준이다. 플레이어도 몬스터도 없는 곳.

'설마 여기가?'

이들, 그러니까 스카이데블이 사용하는 워프 포탈이란 말인가.

룩소가 앞으로 나섰다.

"제가 워프 포탈을 열겠습니다."

워프 포탈은 둥그런 형태의 제단 모양이다. 룩소가 그 가운데에 섰다. 그의 몸에서 검은색 기운이 일렁거리기 시작했다. 워프 포탈이 활성화됐다.

한주혁의 눈에 워프 포탈에 대한 설명이 보이기 시작했다. 육안으로 보이는 것과는 다른 느낌이다. 머릿속으로 정보가 직접 들어온다. 올림푸스 내에서, 어떠한 의미가 있는 구조물이나 NPC를 쳐다 보면 그에 대한 정보가 자연스레 머릿속에 입력되는 시스템이다.

정보가 들어왔다는 건 곧, '의미가 있는 구조물'이라는 뜻이다. 한주혁은 고고한 절대자를 연기했다.

"이동하지."

제단에 올라섰다. 워프 포탈은 처음 써본다. 어질어질했다. RPG게임으로 치면 로딩시간과 비슷한 개념의 로딩타임이 지나고서, 한주혁은 눈을 떴다.

알림이 들려왔다.

-축하합니다!
-미개척지 '스카이데블의 은신처'를 발견하였습니다.
-최초의 미개척지 보상을 산정합니다.
-미개척지 발견 보상이 주어집니다.

알림을 들은 한주혁은 활짝 웃었다. 역시 이건 인생 퀘스트가 맞았다.

미개척지 '스카이데블의 은신처'는 단순한 미개척지가 아닌 것 같았다.

-미개척지의 등급을 판정합니다.
-SSS등급 퀘스트와 관련된 '매우 중요한' 미개척지로 판정됩니다.

'매우 중요한' 판정을 받았다.
'역시. 생각대로야.'

역시나다. SSS등급과 관련된 것이고, 이는 이 시스템의 커다란 줄기와도 연관되어 있는 곳이라 생각했다. 당연히 보상도 좋을 거고.

　—스텝업 포인트 3개가 주어집니다.

　한주혁은 순간 아무런 말도 하지 못했다.
　'스텝업 포인트라고?'
　스텝업 포인트. 마의 9 구간을 통과하게 해주는 포인트.
　'대박이다!'
　그렇다는 말은 89에서 90으로 넘어갈 때에도 사용할 수 있다는 뜻 아니겠는가. 지금 세상의 최고렙 플레이어들이 90으로 넘어가지 못하는 이유가 바로 스텝업 구간 때문이다.
　카오가 되었을 때, 그가 가장 걱정했던 것이 바로 스텝업 포인트다. 취직을 해야 이 스텝업 포인트를 그나마 쉽게 얻을 수 있는데, 취직이 불가능하게 되었었으니까.
　'이 퀘스트를 착실히 따라가면 스텝업 포인트도 꾸준히 얻을 수 있을 거야.'
　그런 확신이 들었다.
　'이건 일단 킵.'
　가지고 있다고 해서 사라지는 것도 아니고 그렇다고 사용 제한 레벨이 있는 것도 아니다. 상대적으로 스텝업을 하기 쉬운 구간에서는 사용하지 않고, 나중에 고레벨이 되었을 때 사용하면 매우 좋을 듯했다.

'당장 스텝업 포인트 얻을 수 있는 곳도 한 곳 있고.'

아만티움 던전. 그곳으로 가면 스텝업 포인트를 하나 얻을 수 있다. 일단 킵해 두기로 했다.

룩소가 앞장서서 안내했다.

"이쪽입니다."

한주혁은 욕하고 싶었다. 워프 포탈을 타고 이동한 뒤, 5일 내내 걷기만 했다. 그나마 한주혁의 체력이 일반적인 캐릭터의 체력이 아니어서 망정이지 그렇지 않았다면 오다가 아사했을지도 모를 일이다.

'아니, 뭔 놈의 몬스터가 한 마리도 안 보이냐?'

몬스터를 잡으면 하다못해 몬스터고기라도 떨어지지만, 오는 내내 한 마리도 보지 못했다. 그래서 지금 배고파 죽겠다. 그나마 다행인 건 중간중간 계곡이 있다는 거다. 덕분에 수분 부족으로 죽지는 않았다만 이대로 그냥 두면 아사라도 할 것 같다.

'조금만 참자.'

스탯 99가 아사당하면 너무 웃기지 않은가. 5일 동안 아무것도 안 먹었다. 6일째 되는 날 때려치우고 싶어졌다. 하지만 참았다. 7일째 되는 날, 한주혁은 어느 마을 같은 곳에 도착했다. '마을'이 아닌 '마을 같은 곳'이었다.

'여기가…… 마을?'

이름 모를 산 중턱에 위치한 화전민 마을. 이것도 한주혁쯤 되는 체력을 가진 사람이 올라와서 중턱이지, 어지간한 플레이어들은 등산할 엄두조차 내지 못할 외진 곳에 위치하고 있는 곳이었다.

"룩소, 이곳이 맞는가?"

"예. 그렇습니다."

오두막이라고 하기에도 민망할 정도의 허접한 판잣집들. 마을 중앙에 피어오르고 있는 커다란 횃불인지 제단인지 정체를 알 수 없는 이상한 것.

'뭐 설정이 이 따위야?'

지금 자신의 뒤를 따르고 있는 7장로만 데리고 나가도 어지간한 몬스터는 쌈 싸 먹고도 남는다.

어쩐지 이놈들. 배고픔에 너무 익숙한 것처럼 보였다. 한주혁은 뭔가 잘못되어 가고 있는 느낌을 받았다.

'이거. 느낌이 영 불안한데.'

스승새끼가 여기서도 똥을 싸질러놓은 것 같은 그런 기분이랄까.

"오오……!"

"오! 절대자께서 오셨다!"

피골이 상접한 이들이 오두막. 아니, 판잣집에서 모습을 드러냈다. 아니, 판잣집이라고 하기에도 미안하다. 거의 움막 수준인 그곳에서 한 명, 한 명 나타났다.

'이게 말이 되는 설정이냐?'

등 뒤 7장로 같은 고수가 있는 곳인데 어째서 이렇게 낙후되고 허접한 곳에서 사는 거냐! 몬스터 몇 마리만 때려잡아도 잘 먹고 잘살겠구만.

"우리를 구원하실 절대자께서 오셨다!"

"봐라! 중앙 제단의 불길이 환하게 피어오른다!"

사실 제단이라고 하기에도 미안할 정도다. 둥그런 형태의 돌무더기를 쌓아올려 놓고 그 가운데에 불을 피워놓았는데, 한주혁이 다가가면 다가갈수록 그 불이 더 세차게 피어올랐다.

'이거 왠지…….'

왠지 불안한 느낌이다. 제단에 가까이 다가가자 알림이 들려왔다.

-중앙 제단이 '아서' 님의 자격을 확인합니다.

-체내에 잠재되어 있는 '파천심공'을 확인합니다.

-적절한 자격을 갖추었음을 확인합니다.

-소퀘스트가 주어집니다.

중앙 제단은 하나의 NPC 역할을 하고 있는 것 같았다.

그리고 이 퀘스트란,

-'쓰러져 가는 마을을 다시 세워라!'가 발동되었습니다.

이 마을을 다시 부흥시키라는 내용의 소퀘스트다. 소퀘스트란 대퀘스트 속에 속해 있는 퀘스트로, 전체 퀘스트 안에 들어 있는 '경로' 같은 걸 의미한다. 소퀘스트 여러 개를 깨면서 진행하다 보면 대퀘스트를 클리어할 수 있다.

'내 몸 건사하기도 힘든데.'

이제 겨우 8천만 원 벌어서 장비에 투자 좀 했는데,

'이 마을을 다시 부흥시키라고?'

아무래도 이런 과제들을 성공시켜야 인생퀘스트를 클리어할 수 있는 모양이었다.

"절대자께 절을 올리자!"

이 마을 주민들 숫자는 약 800명. 대부분이 못 먹고, 못 입은 사람들이다. 아직 보지 못한 5명의 장로를 포함하여 12명의 장로만이 사람 구실을 제대로 할 수 있는 것 같았다.

굉장히 늙은 남자 하나가 지팡이를 짚으며 걸어왔다.

"오셨습니까, 지존이시여."

한주혁은 이 설정에 대해서 이해할 수 있었다.

아주 오래 전부터 마을 사람들이 합심하여 '12장로'를 키워냈다. 800명이 모여 12명을 키워낸 거다. 그 12명은 '절대자의 후손'을 찾기 위해 전국을 돌아다녔다.

그리고 이 마을 대부분의 사람들은 이 산을 내려갈 수가 없다. 이미 체력을 상실했다.

이곳. 미개척지 '스카이데블의 은신처'는 먹을 것을 구하기도 매우 힘든 척박한 환경이다. 몬스터도 출몰하지 않고 동물도 없다. 그렇다고 농사를 지을 수 있는 환경도 아니다. 과일을 맺는 나무조차도 없는 환경이다.

한주혁이 말했다.

"음식과 같은 것은 밖에서 가져오면 되지 않는가?"

한주혁과 대화를 나누고 있는 NPC는 설정상 163세로 알려진 이 마을 최고령자 '칼스'. 칼스는 이 마을의 정신적 지주이며 예언자의 역할을 하고 있다고 한다.

"그것이…… 불가능합니다."

"어째서지?"

"저희는 워프 포탈 밖에 있는 그 어떠한 것도 안으로 가져올 수 없습니다."

설정이 그런 모양이었다. 그러니까 밖에서 식량이나 기타 물품을 조달하는 것도 불가능하다는 소리다. 안에는 먹을 것이 아무것도 없고. 그러니까 800명의 NPC가 무인도에 고립된 것과 비슷하다고 볼 수 있었다. 이들은 굶어 죽을 각오를 하고서라도 절대자를 기다리고 있었다.

'그러니까 내가 첫 번째로 해야 할 일은……'

이들을 배불리 먹이는 것. 인간으로서 살아갈 수 있는 필수 요건인 의, 식, 주를 해결해 주는 것이 시작이라 할 수 있겠다.

칼스가 또 수심 깊은 표정으로 얘기했다.

"또한 저희는 함부로 밖을 돌아다닐 수 없습니다. 이곳이 발각될 위험도 있고……. 12명의 장로조차도 목숨을 잃을 수 있기 때문입니다. 지존께서 이곳에 오셨으니 이제 다행이지만, 그 전까지는 저희의 생명줄은 오로지 그들에게 달려 있었습니다."

12명의 장로는 제국 측에서 눈에 불을 켜고 있는 상황이란다. 12명의 장로가 강력한 NPC임에는 틀림없지만 제국의 기사들을 전부 상대할 수는 없는 법이다. 또한 제국의 기사들 중에서도 장로만큼, 혹은 장로보다 강한 기사들도 있게 마련이고.

한주혁이 자리에서 일어섰다.

"너희의 배고픔과 갈망. 모두 알겠다. 내 그동안 수련에 심취해 있느라 너희들을 돌보지 못했다."

사실 이런 이들이 있는지도 몰랐다. 한주혁은 저들이 그토록 바라마지않는 절대자 혹은 지존의 역할을 충실히 수행하기로 했다.

"룩소는 들어라."

가장 충성심이 깊어 보이는, 다시 말해 호구성이 가장 짙은 룩소를 데리고 산을 내려가기로 했다.

"너희는 나 없이 어느 정도를 버틸 수 있지?"

지금 채소와 물만으로 버티고는 있으나 그것도 한계에 이르렀다. 다들 굶어 죽기 직전이다.

룩소의 표정이 굉장히 어두워졌다.

"길어야…… 보름입니다."

"우리는 무를 숭상하는 이들이다. 내 말이 틀렸나?"

물론 틀렸다. 이들은 모르겠지만 한주혁은 아니다. 무의 'ㅁ'도 관심 없다. 그냥 잘 먹고 잘살고 싶다.

"지당하신 말씀입니다."

"그 무예를 익혀서 어디에 쓰겠는가. 너희들이 익히고 있는 그 무예를 너희들을 키워준 이들에게 보답해야 하지 않겠는가."

"……"

칼스는 물론이고 룩소. 그리고 11명의 장로가 한주혁의 말에 귀를 기울였다. 과연, 절대자다운 말이었다.

"보름이면 충분하다. 나 역시 제국에게 쫓기고 있는 몸. 하나 나는 나를 기다린 이들을 배반할 수 없으며, 나는 이들을 위해 내 몸을 불사를 것을 맹세한다."

"……"

분위기가 엄숙해졌다. 알림이 들려왔다.

―충성심이 높아집니다.

―스카이데블 NPC들의 호감도가 상승합니다.

좋다. 아주 잘하고 있다. 한주혁이 씨익 웃었다.

"룩소는 나를 따라라. 내가 너희의 곤궁을 해결하겠다."

다른 장로들도 앞으로 나섰다.

"저희도 힘을 보태겠습니다."

지금 저 절대자를 완전히 신뢰할 수는 없지만 그래도 그들 역시 절대자의 말에 조금은 감탄했다. 자신들을 외면할 수도 있을 텐데. 예언자인 칼스는 '그분이 세상에 존재하는 것은 확실하다. 그러나 그분께서 우릴 도와주실지, 도와주지 않을지는 모른다. 그러니 기도하는 수밖에'라고 얘기했었다. 그래서 그들은 생각했다.

'어쩌면…… 정말로 우리를 이끄실 분일지도 모른다.'

한주혁이 고개를 저었다.

"아니. 한 명이면 족하다. 더 빠르고 수월하게 움직일 수 있겠지."

왜냐?

'쟤가 제일 말 잘 들을 거 같으니까.'

다시 말해, 호구 NPC니까.

"가자, 룩소. 급한 대로 식량부터 구해오겠다."

한주혁이 빠르게 걸음을 옮겼고 룩소가 그 뒤를 따랐다. 소문을 들은 건지 해골에 가까운 이들이 거의 기다시피 하여 밖으로 나왔다.

"절대자시여!"

"지존이시여!"

그리고 절을 했다. 절대자께서 제국의 추격과 위협에도 불구하고, 자신들을 위하여 몸을 내던지고 있다는 소문이 돌았다. 인구가 겨우 800명밖에 안 되는 마을이라 그 소문이 굉장히 빨리 퍼졌다.

NPC 중 하나가 눈물을 흘렸다.

"오실 줄 알았어……."

그런데 또 다른 NPC는 의구심을 품었다.

"하지만 어떻게?"

지금 가장 중요한 건 음식이었다. 그 음식을 가져오려면, 워프 포탈 밖에서 음식을 가져와야 했다. 이들은 이 마을을 벗어나 본 적이 없고 워프 포탈이란 걸 제대로 본 적도 없다. 하지만 이들은 워프 포탈을 통해 무언가를 가져올 수 없다는 것도 잘 알고 있다.

"이곳에서 나간 것이 아니면……. 바깥세상의 것은 아무것도 들어오지 못하잖아."

그래서 이렇게 가난하고 힘겹게 살아가는 것 아닌가. 이젠 희망도 전부 잃어버리지 않았는가. 절대자라고 해서 그 법칙을 깰 수 있겠는가.

칼스가 지팡이로 땅을 내려쳤다.

"어리석은 생각들을 하고 있구나!"

중앙 제단에 모인 NPC들은 고개를 갸웃했다. 뭐가 어리석다는 것인지.

"절대자께서는 이 마을에서 탄생하시지 않으셨다."

"……."

NPC들은 그 말을 제대로 이해하지 못했다. 그거야 당연한 거 아닌가.

"그분이 워프 포탈을 통해서 들어왔다는 소리다. 아직도 이해를 못하겠느냐?"

"……아!"

그제서야 깨달았다. 절대자인 아서는 바깥에서 들어왔다. 그 절대자 역시 '바깥세상의 것'이란 뜻이다.

"절대자께서 괜히 절대자시겠느냐! 그분은 우리와 다르다. 바깥세상과 이곳을 이어주는 분이시란 뜻이지."

그 절대자는 빠르게 걸음을 옮겼다.

'나도 배고파 죽겠다!'

스탯 99의 육체를 가지고 있으니 어지간해서는 아사하지 않겠지만 미칠듯한 공복감은 그를 괴롭게 했다. 파천심공을 운용할 수 있으면 좀 낫겠지만 그것도 안 되지 않는가.

어쨌든 워프 포탈에 다시 도착한 그는 씨익 웃었다.

'퀘스트가 생각보다 그렇게 어렵지 않을 수 있겠어.'

이미 확인했다. 자신의 인벤토리 내에 있는 물건은 워프 포탈을 통해 이동이 가능하다. 그렇다면 인벤토리에 800명이 먹을 수 있는 죽이든 뭐든 챙겨오면 되는 거 아니겠는가.

'좋네.'

아주 좋다.

"룩소, 한시가 급하다. 주변에 있는 모든 생명체를 정리하고, 혹여 몬스터 스톤이 나오면 챙겨놓도록. 아이템도 마찬가지다."

호구이지만 강력한 NPC인 룩소를 데리고 사냥도 하고 경험치도 얻고 몬스터 스톤과 아이템도 얻고. 그 와중에 운 좋게도 '화이트 스톤' 20개와 '옐로우 스톤' 3개, '블루 스톤' 3개를 얻을 수 있었다.

7일이 흘러 그는 다시 레프니아 산맥에 도착했다. 동생과 이미 말을 맞춰 놓았다. 마법 주머니를 공수해서, 급한 대로 800명분의 죽을 미리 사놓았다.

"오빠, 다 좋아. 다 좋은데 도대체 뭘 어떻게 하려고 그래?"

오빠가 운 좋게 1억을 번 것은 안다. 물론 세금이다 뭐다 해서 실수익은 8천만 원 정도겠지만. 그런데 이 오빠가 갑자기 미친 거 같다. 왜 갑자기 죽 통조림이 필요하단 말인가. 개당 5천 골드. 800개면 400만 골드 아닌가. 이걸 왜 갑자기. 누구한테 적선이라도 한단 말인가.

"이런 식으로 쓰면 오빠 전 재산 금방 거덜 나. 생각하고 있는 거지?"

오빠가 어디 가서 호구 노릇 하면 동생으로서 가만히 있을 수는 없지 않겠는가.

"오빠 생활 갑자기 좀 나아졌다고 막 누구 퍼주고 그러면 절대 안…… 응?"

한세아는 한주혁이 진심으로 걱정됐다. 원래 그녀는 한주혁에게 이런저런 잔소리를 잘 늘어놓는 편은 아니다. 그런데 이번은 달랐다. 게다가 오빠는 이렇다 할 수입원도 없지 않은가. 카오라서 취직도 못 하고 있을 텐데.

그때, 한주혁이 뭔가를 내밀었다.

"대금은 이걸로 대신할게."

"이거라니?"

한세아는 한주혁이 내민 반짝이는 돌을 쳐다봤다.

"헐?"

그녀는 입을 쩍 벌렸다. 믿을 수 없었다.

"이거 진짜…… 블루 스톤이야?"

그것도 한 개가 아니었다.

"오빠, 이거 진짜냐니까?"

그녀는 할 말을 잃었다.

"대박……."

한세아는 블루 스톤을 받아 들었다. 솔직히 믿기 힘들었다.

'오빠가…… 블루 스톤을 가져왔어? 그것도 세 개나?'

물론 저번에도 1억짜리 옵션이 달린 게트락의 머리를 가져오기는 했다. 하지만 그건 어디까지나 운이라고 생각했다. 올림푸스는 기회의 땅이고, 누구에게나 그런 기회는 찾아오게 마련이다. 오빠가 특별한 퀘스트를 받아냈고 그 퀘스트를 통해 게트락의 머리를 획득했다고 생각하고 있었다. 운이 좋았다. 그게 지극히 합당하고 이성적인 판단이었다.

'그게 우연이 아니었어?'

아니다. 우연일 거다. 우연이 틀림없다. 너무 놀란 그녀는 믿지 못했다.

"오빠, 혹시 스폰서 생겼어?"

"누가 나 같은 놈 스폰을 하겠냐? 중소연합조차도 내가 이 세상에 존재하는지도 몰라."

"근데 이거 어떻게 구했어?"

"그냥 몇 마리 때려잡으니까 나오던데."

"……."

속 깊은 한세아는 고개를 끄덕였다. 몇 마리 때려잡았다, 라. 아무래도 오빠는 자신에게 정확한 설명을 하고 싶지 않은 것 같았다.

'오빠에게 말 못 할 무슨 사정이 있는 모양이야.'

20년간 얼마나 마음고생을 했는가. 그사이에 또 어떤 일이 벌어진 거 같은데. 그녀는 굳이 꼬치꼬치 캐묻지 않았다. 처음 세상에 나왔는데 풀카오가 되어 있었다. 분명 오빠에게는 말 못 할 사정이 있을 거다. 그래서 그녀는 오빠를 배려하기로 했다.

'블루 스톤은 레벨 20대 중반 플레이어 대여섯에, 30대 이상의 중소연합 과장급 두어 명은 있어야 구할 수 있는 스톤인데.'

다 그런 건 아니지만 보통은 그렇다. 중소연합의 기준으로는 말이다. 대연합에서는 대리급만 모여도 얻을 수 있다고는 하는데, 그녀가 목격한 건 아니었다.

"그래서 오빠. 내가 이걸 대신 팔아주면 되는 거야?"

"어. 수수료는 10프로 줄게."

"진짜? 이거 팔기만 하면 10프로 줘?"

그녀는 고개를 저었다.

"오빠. 나는 이거 가져다가 NPC한테 팔기만 하면 되는 건데, 무슨 10프로나 줘?"

"내가 믿을 수 있는 사람이 너밖에 없어서 그래. 딴 놈한테 줬다가 그놈이 먹고 튀면 어떡하냐? 난 카오라서 뭘 어떻게 할 수도 없어."

"……그건 그래."

이 오빠가 어째서 풀카오가 됐을까.

"내가 아까 시세 보고 왔는데 블루 스톤 하나에 500만 골드 정도 주더라. 3개니까 대략 1,500만 골드 정도 될 거고, 내가

150만 골드 갖고 오빠한테 1,350만 골드 주면 되는 거야?"

"그래."

150만 골드는 곧 150만 원, 1,350만 골드는 1,350만 원이다. 올림푸스 내의 화폐인 골드와 현실의 원화는 일대일 비율로 교환할 수 있으니까.

"아. 그리고 세아야."

"이 오빠가? 그러다 내 신상 노출되면 오빠가 책임질 거야? 내 캐릭 이름은 루나라고. 루나라고 불러."

"아아, 알겠습니다 루나 님. 어쨌든 이쪽에 워프포인트 지정해 놔. 블루 스톤 판 걸로다가 플레이어용 워프 포탈도 3개 정도 사고."

플레이어용 워프 포탈은 플레이어가 원하는 장소를 기억시켜 그곳으로 워프를 할 수 있도록 만들어주는 아이템이다. 대도시의 NPC로부터 구입할 수 있다. 다만, 한 번 기억하는 데 300만 골드 정도가 필요하며 그 이후로 사용할 때마다 약 30만 골드가 필요하다.

"3개나? 한 900만 골드 든다?"

진짜 괜찮겠어? 하는 눈빛으로 오빠를 쳐다봤다. 그 오빠는 허세스럽게 고개를 끄덕였다.

"괜찮아."

사실 괜찮지 않다. 이놈의 퀘스트가 뭐라고. 1,350만 골드를 버는데 900만 골드가 휙 빠져 나간다.

'이게 다 투자다……!'

쓰린 마음을 부여잡았다. 지금 당장은 좀 아까울 수 있어도 이 퀘스트의 가치는 그야말로 무궁무진하다. 12명의 장로를 부릴 수 있다는 것부터가 이미 엄청난 메리트 아니겠는가. 이들을 부리면서 레벨만 높이면 블루 스톤이 아니라 그보다 상위급인 레드 스톤까지도 넘볼 수 있다.

'여기랑 은신처 쪽이랑 워프포인트를 지정해 놓고.'

한 번만 해놓으면 된다. 그러면 반영구적으로 사용할 수 있다. 몬스터 사냥 혹은 PVP시가 아니라면.

'은신처 안에서 또 마을까지 워프포인트를 지정해 놓으면.'

단돈 60만 골드(?)에 일주일이 넘는 시간을 절약할 수 있게 되는 거다. 그 시간 동안 블루 스톤 하나만 얻어도 그게 더 이득이다.

'이러니까 대연합 놈들이 돈을 쓸어 담지.'

대연합은 인프라가 워낙 좋다. 필요한 곳에 인력을 즉시 투입할 수 있도록 워프 게이트가 거미줄처럼 확보가 되어 있으며 그 길을 안내하는 부서가 따로 있을 정도. 레벨 50까지 이르는 정규화된 커리큘럼. 각 연합마다 가지고 있는 '스텝 업 퀘스트'. 덕분에 대연합에 들어가면 레벨 50까지는 대부분 올라간다.

"오빠가 말한 대로 다 사 왔어. 여기 접선 장소에다가 워프 포인트도 지정해 놨고."

"잘했어. 나는 그럼 인생 퀘스트 좀 하러 갔다 온다."

"응, 오빠. 힘내."

뭔지는 몰라도 응원해 주기로 했다. 카오가 된 것도 불쌍하고. 20년 동안 고생한 것도 불쌍하다.

'뭔진 몰라도……'

오빠가 잘되면 좋겠다라고 생각했다.

'운이 계속 이어지면 좋겠다.'

워프포인트를 지정했다.

레프니아 산맥. 즉, 한세아와의 접선 장소로 시작하여→스카이데블의 은신처→스카이데블의 마을로 이어지는 워프 라인이었다.

한주혁은 그걸 통해 한세아로부터 '죽 통조림'을 구입했고 마을의 주민들에게 죽을 공급했다.

'일단은…… 죽으로 만족해야겠지.'

이들은 너무 오랫동안 고립되어 있었고 너무 오랫동안 제대로 먹지 못했다. 그래서 일단은 죽부터 시작하기로 했다.

외부와 단절된 상태로 굶어 죽어가던 그들은 감동의 눈물을 흘렸다.

"역시……. 절대자께선 불가능한 것이 없으십니다."

"만세! 만세! 만만세!"

"절대자시여!"

이들은 바깥의 물건들을 안으로 가져올 수 없다. 다른 플레이어도 가능한지는 모르겠으나, 어쨌든 현재로서는 한주혁만이 가능한 일이다.

알림이 들려왔다.

─친밀도가 상승합니다.

─충성심이 깊어집니다.

이렇게 하는 게 맞는 것 같다. 12장로의 인정을 받아내는 것. 그것의 시작이 아무래도 이 마을을 안정화시키는 것인 듯했으니까.

'군주 혹은 절대자로서의 모습을 보이면 되는 거고.'

까짓것 별로 어렵지 않네. 어렸을 때 꿈이 배우였다.

약을 좀 팔았다.

"내 너희에게 젖과 꿀을 주고 싶으나 지금은 그럴 수 없다. 너희들은 너무나 오랫동안 굶주려 왔고 지나치게 기름진 음식을 먹으면 탈이 날 수 있다. 너희가 나를 오랫동안 기다려 왔음을 안다. 내가 너희를 인도하겠다. 나를 믿고 따르라."

마을 중앙. 제단이 있는 광장(사실 광장이라고 하기에도 민망한 동네 운동장 수준이지만)에서 만세 소리가 끝없이 터져 나왔다. 주민

모두가 아사하기 직전이었다. 비록 통조림 죽이지만 이들에게는 구원의 음식이었다.

'당분간은 먹을 것 공수에 신경 써야겠어.'

의식주 중에 가장 먼저 해결되어야 할 것은 '식'이다. 그것부터 해결하고 나면 다른 것들은 차근차근 해나갈 수 있을 거다.

그날 밤. 누군가가 한주혁의 집. 더 정확히 말하자면 막사에 가까운 움막에 들어왔다. 낯이 익은 얼굴이었다.

"불충한 저를 용서해 주십시오. 저는 주군을 의심했습니다."

무슨 말인고 하니,

-축하합니다!
-제12장로 에르다의 인정을 획득했습니다.

12장로의 인정을 받았단다.

'벌써?'

꽤 장기 프로젝트를 생각하고 있었는데. 벌써 한 명의 인정을 얻었다. 하지만 기뻐함을 표시할 수는 없었다. 그는 근엄한 절대자여야만 하니까.

"내가 지금 많이 부족하다. 능력이 너무나도 많이 제한되어 있다."

스킬도 못 쓰고, 하다못해 파천심공도 사용할 수 없다. 지금은 그냥 스탯 좋은 일반인(?)에 불과했다.

"너희가 나를 믿지 못하는 것도 이해한다. 나라도 그랬을 것이다."

이러면 되나?

가까이 다가가서 무릎을 꿇고 있는 에르다를 일으켜 세웠다.

"네가 나를 믿겠다 했다. 그리고 나는 그 믿음과 신뢰에 보답하겠다. 그러니 일어나라."

"주군이시여……!"

감동을 받은 에르다는 눈물을 뚝뚝 흘렸다. 한주혁은 인자한 미소를 지었다.

'호구다!'

말 잘 듣는 호구 2호가 생겼다.

―제12장로 에르다가 완벽한 권속으로 인정됩니다.

―신뢰가 깨지지 않는 한, 주종관계는 유지됩니다.

룩소가 난처한 듯 말했다.

"계속해서 제가 움직이면…… 제국의 의심을 살 수 있습니다."

한 NPC가 자꾸만 바깥으로 이동하면, 제국에서 의심할 수 있단다. 스카이데블의 장로들이 강력한 것은 사실이지만 제국과 상대할 수는 없는 법. 제국에게 이곳이 발각되면 이곳은 토벌당한다.

'그러면 안 되지.'

이곳은 말 잘 듣는 호구들이 모여 사는 곳이지 않은가. 소중한 우리 권속들이 다치면 안 되지 않겠는가.

그래서 한주혁은 제12장로 에르다를 데리고 워프 포탈을 빠져나갔다.

한주혁은 몸을 풀었다. 저만치 앞. 거대한 흑곰이 보였다. 눈 한쪽에 찢어진 상처가 선명했다. 자이언트 베어다. 몸집이 5미터가 넘는 거대한 놈인데 어지간한 플레이어보다 훨씬 더 빠르며 나무까지도 잘 타는 놈. 타고난 신제능력이 매우 뛰어나 육탄전을 벌이는 형태의 근거리 특화형 몬스터다.

크오오오!

플레이어 하나를 발견한 자이언트 베어가 포효를 내질렀다. 산새들이 하늘로 푸드득! 날아올랐다. 자이언트 베어가 봤을 때, 플레이어는 겨우 둘. 맛 좋은 식사거리가 나타났다.

한주혁은 신기한 듯 쳐다봤다.

"자이언트 베어는 처음 보네."

포효도 제법 크고.

"죽일까요?"

"아니."

자신의 스탯 능력치도 확인해 봐야 하지 않겠는가. 자이언트 베어의 레벨은 대략 40대 정도로 알려져 있다. 물론 플레이어마다 다르긴 하겠지만 중소연합 기준, 팀장 한 명에 과장 1~2명 그리고 대리급 2~3명, 주임급 2~3명 정도 팀을 짜서 잡으면 큰 피해 없이 잡을 수 있는 몬스터이기도 했다. 연합원들이 보통 잡는 몬스터가 이 정도 난이도의 몬스터라고 보면 됐다.

'어디 한번.'

어느 정도 될까? 레벨 40대의 몬스터의 강함은?

참고로 현재 한주혁의 레벨은 19다. 스텝업 퀘스트를 받지 못해서 아직 레벨업을 하지 못했다. 아만티움 던전으로 가면 19에서 20으로 넘어가는 스텝업 포인트를 하나 얻을 수 있을 테니 거기서 스텝업을 하면 된다.

크오오!

좋은 먹잇감. 그것도 겨우 2명밖에 없는 낙오자 무리를 습격하게 된 자이언트 베어는 한주혁을 향해 달려들었다. 인간들은 언제나 팀을 이루어 짜증이 난다. 그것만 아니면 한 주먹거리도 안 된다. 자신의 육중한 몸으로 부딪치기만 해도 아마 저 비리비리한 인간 놈은 죽어버리고 말 거다.

한주혁도 주먹을 들어올렸다. 딱히 무기도 없고 아이템도 없지 않은가. 그가 가지고 있는 아이템이라곤 전부 경험치 상승용 아이템들.

한주혁이 주먹을 뻗었다. 자이언트 베어는 그 주먹을 우습

게 봤다. 그대로 돌진했다. 인간 놈의 비리비리한 주먹 따위. 자신의 몸통박치기 앞에서 처참하게 바스러지고 말 거다. 그렇게 생각하는 듯했다.

퍽!

소리와 함께,

─자이언트 베어를 사냥하였습니다.

─20,000골드를 획득했습니다.

─레미티아의 반지 효과로 0.3퍼센트의 경험치가 추가로 부여됩니다.

─갈루 반지 효과로 0.5 퍼센트의 경험치가 추가로 부여됩니다.

─루마니온 목걸이 효과로 1퍼센트의 경험치가 추가로 부여됩니다.

─…….

기타 등등. 그가 착용하고 있는 9개의 경험치 아이템은 약 5퍼센트의 추가 경험치를 얻을 수 있도록 도와주었다.

사냥은 끝이 났다.

'어라……?'

그래도 근거리 전투 몬스터라 한 방은 버틸 줄 알았는데. 스킬도 안 썼는데. 그냥 주먹인데.

'2만 골드?'

2만 원 벌었다. 시급, 아니, 초급 2만 원이었다.

'2만 원 벌었네.'

아쉽게도 몬스터 스톤은 나오지 않았지만 초급치고는 나쁘지 않았다.

'뭐가 이리 약해?'

몬스터가 약한 건지 내가 센 건지. 어쨌든 하나는 확실해졌다.

'그럼 이대로……'

이 상태라면 아만티움 던전으로 가도 되겠다는 판단이 섰다.

"에르다. 우리는 아만티움 던전으로 이동할 것이다."

"명 받듭니다."

아카데미의 학생들과 대연합의 교관들이 우글거리는 그곳으로 말이다.

'학생들은 그렇다 치고, 대연합 교관들은 어느 정도의 힘을 가졌는지 아직 몰라.'

조금은 긴장이 됐다. 머릿속으로 계획을 그렸다.

아만티움 던전으로 향했다.

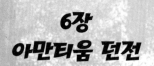

6장
아만티움 던전

한주혁. 올림푸스 이름으로 '아서'는 아만티움 던전으로 향했다.

아만티움 던전은 시작의 마을 에르카스 근처에 있는 초급 던전이다. 아카데미 학생들이 레벨 19에서 20으로 넘어가는 스텝업 포인트를 얻는 던전으로, 대부분의 사람들이 거쳐 가는 던전이라고 보면 됐다.

"오픈하려면 시간이 조금 남았고."

아만티움 던전으로 가는 길에 에르다를 시키지 않고 직접 몬스터들을 사냥해 봤는데, 새로운 사실을 하나 깨달았다.

'빌어먹을!'

그가 몬스터를 잡으면 아이템 드랍이 되지 않는다. 아이템이든 몬스터 스톤이든. 드랍 확률이 한없이 0에 수렴했다.

'막타는 NPC한테 넘기든지 해야 하는데.'

문제는 현재 레벨로 들어갈 수 있는 사냥터의 모든 몬스터들이 한 방에 죽는다는 것. 그렇다고 장로들을 대량으로 풀어서 아이템을 수거하기에는 제국의 눈치가 보인다.

'왜 다들 한 방에 죽고 난리야?'

행운 −99의 힘은 아이템 드랍율도 0으로 만들어줬다. 그래서 생각보다 블루 스톤을 거의 못 얻었다. 에르다 장로를 통해 겨우 2개 얻었을 뿐이다.

'쩝.'

잠시 로그아웃해서 한세아와 얘기를 나눴다.

"오빠. 아만티움 던전 들어가게?"

"엉. 그래야지. 스텝업 포인트도 얻을 겸."

"거기 대연합 교관들 있는 거 알지?"

"응. 뭐 대충."

"아카데미 애들 인솔하는 사람들 인사부장급이야. 아무리 못해도 다들 레벨 40은 넘을걸?"

음. 40정도 레벨. 한 번 싸워봤는데 별거 아니다. 중소연합이 아닌, 대연합 소속 플레이어라면 좀 얘기가 다르겠지만.

'어차피 40이 40이지.'

그래 봤자 뭐 별거 있겠는가. 50대가 넘으면 모를까. 40대는 별거 아니다.

"교관은 물론이고 애들도 많이 있을 텐데……. 못해도 백명은 될 거야. 괜찮겠어?"

오빠는 풀카오잖아. 그 말은 삼켰다.

"괜찮을 거야. 대충."

한세아는 한주혁을 걱정하는 듯했지만 이내 걱정을 접었다. 슬슬 뭔가 하고 있는 게 눈에 보인다. 뭔가 생각이 있고 계획이 있어 보이지만 코치코치 캐묻지는 않았다.

그도 그럴 것이,

"세상에……. 또 블루 스톤?"

이번에 또 블루 스톤을 2개나 가져왔다. 오빠는 풀카오고 누구의 도움을 받았을 리도 없다. 이쯤 되면 이제 우연이 아니다.

"이거 도대체 어떻게 얻은 거야?"

"그냥 대충."

거짓말 아니다. 대충 치니까 자이언트 베어가 죽었다. 물론 그가 친 건 아니다. 장로인 에르다가 쳤다. 겨우 2개밖에 안되긴 하지만.

"오빠, 진짜 대박이다. 인생퀘스트 물었다는 게 진짜인가 봐."

"그런가 봐."

한세아가 활짝 웃었다.

"오빠가 계속 잘되면 좋겠어."

"응?"

한세아가 진지한 표정으로 얘기했다.

"그래야 나 햄버거 사주지."

아만티움에 도전하는 학생들은 대부분이 10대 후반이다. 그리고 이들을 인솔하는 아카데미 교관은 부장급으로 최소 레벨이 40이다.

오늘 아만티움 던전 클리어를 총괄하는 책임자인 '루터'는 레벨 47. 국내 굴지의 대연합 중 하나인 '신성 연합'의 부장이다.

'아……. 이번에는 어째 쓸 만한 애들이 하나도 없냐.'

그 정도 경력이 되면 대충 안다. 얘네들은 대연합으로 스카웃을 해도 되겠구나. 아 쟤는 안 되겠구나. 대충 보면 아는데, 이번에는 정말 인재가 없었다.

'한 명도 못 찾으면 상부에서 면박 줄 텐데.'

대연합들이 하나로 뭉쳐서 아카데미를 운영하고 있는 이유가 무엇이겠는가.

미래를 이끌어갈 차세대 주역들을 키우기 위함…… 이라기보다는 서로 더 유능한 인재를 더 빨리 스카웃해서 자신들의 발밑에 두기 위함이다. 유능한 인재들은 전부 대연합 소속으로 빼돌리고, 그 경쟁에서 낙오된 이들은 중소연합으로 빠진다. 이게 벌써 100년도 넘었다. 정해진 커리큘럼에서 벗어난 새로운 강자는 나오기가 거의 불가능한 구조.

어쨌든 오늘은 아카데미 학생 80명 정도를 데리고 아만티움 던전을 클리어해야 했다.

"모두가 알다시피 오늘은 아만티움 던전을 클리어하는 날이다. 이 중에는 벌써 두세 번 이곳에 참여한 이들도 있을 것이다. 노하우와 경험이 쌓여 제대로 된 플레이를 보여준다면 대연합에서 너희를 스카웃할 수도 있다."

그 말에 모두들 침을 꼴깍 삼켰다. 대연합에 들어가는 것이 야말로 대다수의 서민들이 가장 크게 성공할 수 있는 방법 아닌가.

"물론 모두가 너희를 스카웃하는 건 아니다. 모두가 최선을 다해 좋은 결과가 있길 바란다."

–아만티움 던전에 입장하시겠습니까? Y/N

모두가 입장하기를 선택했다. 이곳을 클리어하면 스텝업 포인트를 주니까. 그러면 이제 레벨 19에서 20으로 넘어가고 그때부턴 학생이 아닌, 사회인으로서의 자격이 주어진다.

"아, 떨린다. 이번이 두 번째인데도 떨리네."

"이번에 클리어하면 좋겠다."

그런데 그들은 뭔가를 발견했다.

"저기. 뭔가 안 보여?"

"음……?"

"저거…… 카오 아냐?"

몸에서 뿜어져 나오는 시꺼먼 마기. 플레이어들의 눈으로 보면 일렁이는 그림자가 몸에서 뿜어져 나오는 것 같은 느낌이다. 누가 봐도 풀카오였다.

"빠, 빨리 교관님께 알려!"

"교관님! 카, 카오가 있습니다!"

신성 연합의 부장. 루터는 인상을 찡그렸다.

'어떤 겁 없는 새끼야?'

가끔 있기는 있다. 사회 부적응자, 낙오자나 다름없는 쓰레기 카오들이 약한 학생들을 노리고 이들을 죽이는 경우가.

"어이. 거기."

하지만 현재 이곳은 안전지대. 사냥은 물론이고 PVP도 불가능한 지역이다. 루터가 말했다.

"무슨 속셈이냐?"

오해하지 말아요. 나는 그냥 이곳을 클리어하러 왔을 뿐이니까. 라고 말하려고 했는데 기분이 무척 나빠졌다. 아니, 내가 카오면 카오지. 뭔 대뜸 반말이야.

"너는 왜 반말이냐?"

"너 같은 놈들은 내가 아주 많이 봐왔지."

학생들이 전부 그런 건 아니지만 학생들 중 몇몇은 상당히 좋은 고가의 아이템을 장착하고 있다. 이른바 금수저들이다.

운 좋게(?) 그들이 아이템 하나라도 떨구면 카오놈들은 몇 달치 생활비를 벌 수 있을 거다. 저놈은 그걸 노리고 있을 테고.

"지금 당장 나간다면 목숨만은 살려주겠다."

보아하니 저 카오, 실력도 없는 쓰레기다. 하다못해 은신기술이라도 사용하면 조금이라도 더 오래 숨어 있을 수 있을 텐데. 아니면 좀 늦게 들어오던가. 눈치도 없고 사전조사도 안되어 있는 데다가⋯⋯.

'아이템도 전혀 없고.'

아이템도 없는 놈이었다. 아마 전부 털리고 털리다 못해 결국 학생들이 있는 아만티움 던전까지 온 것 아니겠는가.

"실력도 없는 쓰레기가 학생들까지 노리는 거냐?"

물론 오해다. 요령이나 사전조사라는 건, 어디까지나 그게 필요할 때나 필요한 거다. 그냥 가서 툭 치면 죽는 몬스터들이 있는 던전에서 무슨 사전조사가 필요하겠는가.

"난 신경 쓰지 말고 그냥 선생님 하실 일이나 하세요. 나는 나대로 클리어할 거니까."

"네놈 꿍꿍이는 이미 다 알고 있다."

그는 스킬을 사용해서 한주혁의 레벨을 살폈다.

'레벨 디텍팅.'

레벨 디텍팅. 이 스킬은 희귀한 축에 속하는 스킬이지만 대연합 소속이라면 거의 익히고 있는 스킬이기도 했다. 더 정확히 말하자면 대연합이 독점하고 있는 스킬이라고 보면 됐다.

상대의 레벨이 자신보다 낮을 경우, 그 레벨을 간파할 수 있는 탐색 스킬이다.

'레벨 19?'

하도 건방지게 나와서 어느 정도 되는 놈인가 했는데,

'세상 무서운 줄 모르는 놈이었구나.'

지원을 요청할 필요도 없을 것 같았다. 안전지대에서 벗어나는 순간, 놈을 그냥 죽여 버리면 될 거다.

그가 씨익 웃었다.

'마침 풀카오기도 하고.'

저놈을 잡으면 명성도 오를 거다. 그러고 보니 이제 풀카오한 놈만 더 잡으면 아마 영웅 칭호를 얻을 수 있을 것 같다. 영웅 칭호를 얻으면 경험치와 데미지에서 약간의 이득을 볼 수 있다. 카오를 상대로 싸울 때에도 조금 더 유리한 고지를 차지할 수 있고.

한주혁의 레벨을 살펴본 그는 더욱 자신감이 생겼다.

"긴장하지 마라."

풀카오를 보고 긴장한 새싹들. 다시 말해 학생들은 그제서야 안심한 듯했다.

"하기야. 이번 교관님은 신성 연합 소속이랬어."

"아 진짜? 신성 연합인 줄은 몰랐네."

유명한 대연합이 많지만 그중에서도 신성하면 첫손에 꼽는 연합이다. 그곳에 들어가는 것만으로도 이미 승리자인데, 부

144 랜덤
플레이어 1

장급이다?

저런 카오 정도는 한 방에 보내버릴 수 있으리라.

한주혁이 피식 웃었다.

"교관님. 나 안 건드리면 나도 안 건드려요. 추접스럽게 학생들 상대로 뭐 어떻게 할 생각도 없고. 그냥 여기 클리어하고 나갈 겁니다. 나 분명히 경고했어요."

루터도 피식 웃었다.

"인생 패배자 놈이 허세는."

일정 시간이 지나, 안전지대가 옅어지기 시작했다. 한주혁이 한 번 더 말했다.

"나는 악의 없다고 분명 말했어요. 너희들도 분명 들었지? 나는 분명 던전 클리어만 한다고 했다. 먼저 안 치면 나도 안 친다고 분명히 얘기했다?"

뭐 그래 봤자 풀카오니까.

'예상대로네.'

들어올 때부터 이런 상황은 이미 예측하고 들어왔다. 이왕 이렇게 된 거 이게 다 내 업보겠거니 하고 들어온 거다.

—아만티움 던전 클리어가 시작됩니다.

루터 교관이 검을 빼 들었다. 저런 놈 처리하는 데에는 1분도 걸리지 않을 거라 생각했다.

'잃을 것 없는 쓰레기 새끼.'

그래서 저토록 당당할 수 있겠지.

"머리가 모자라면 몸이 고생하는 법이다."

검을 휘둘렀는데,

'응?'

그 검은 정확하게 놈의 심장을 찔렀는데…….

'뭐지?'

왜?

한주혁이 씨익 웃었다.

"이걸로 공격 끝?"

분명 찔렀는데 데미지가 전혀 들어가지 않았다. 이것은 공격력과 방어력의 차이가 많이 날 때에 나타나는 현상이다. 그는 그걸 아주 잘 알고 있었다. 그러나 믿을 수 없었다. 레벨 19. 게다가 아이템도 쓰레기. 그런데 어떻게 자신의 공격을 받아낼 수 있다는 말인가.

한주혁이 마지막으로 경고했다.

"분명히 경고했어. 나 안 건드리면 나도 안 건드린다고. 나는 조용히 여기만 클리어하고 나가겠다고."

루터도 뭔가 잘못되었다는 걸 느꼈다. 그러나 이대로 발을 뺄 수는 없었다. 차라리 죽으면 죽었지. 풀카오를 처리하지 않고 그냥 던전을 돌았다? 나중에 분명 문책이 들어온다. 절대 가만히 둘 수 없다.

그는 '귓속말 아이템'을 사용했다. 원래 던전 안에서 던전 밖으로는 연락이 불가능하다. 던전 밖에서 던전 안으로도 마찬가지다. 그런데 이 아이템을 쓰면 가능하다. 소모성 아이템인데 하나의 가격이 무려 10만 골드에 이른다.

-지원을 요청합니다. 풀카오가 하나 들어왔습니다. 레벨 19입니다. 그러나 이상한 기술을 익히고 있습니다. 위험할 가능성이 매우 높습니다.

아카데미에서 대기하던 다른 교관들도 준비하기 시작했다.

"아. 귀찮네."

"에이씨. 무슨 레벨 19짜리 카오인데 지원을 요청하지?"

"그래도 가긴 가야죠. 무시할 수는 없잖아요. 요청할 만하니까 했겠죠."

"그래도 너무 지나치게 조심하는 감이 있긴 하네요."

한주혁을 상대하던 루터는 자신감을 되찾았다.

"이상한 기술 하나 정도는 익히고 있는 모양이구나."

그래 봤자 소용없었다. 레벨 격차, 아이템 격차 그리고 연합의 격차까지. 놈은 열악한 중소연합의 인프라조차도 활용 못 하는 무능력자 쓰레기 아닌가.

"그래 봤자 쓰레기지."

그가 다시 검을 내뻗었다. 한주혁이 말했다.

"아까가 마지막 경고라고 했잖아."

이런 상황. 어차피 다 예상했던 바다. 피할 수 없으면 차라리 즐기기로 했다. 그래. 어차피 나는 풀카오니까.

한주혁도 주먹을 뻗었다. 검과 주먹이 부딪쳤다.

아카데미의 학생 중 몇 명이 스크린샷을 찍기 시작했다.

"야. 찍자."

풀카오 특유의 마기가 너무 강해서 얼굴이 제대로 보이진 않았지만 꽤나 재미있는 상황인 건 틀림없었다. 그들의 얼굴에 긴장감은 전혀 없었다.

"저 카오새끼 한 방에 뒈지진 않겠지?"

"그럼 재미없잖아."

그들은 키득키득 웃었다. 카오에도 급수가 있는 법이다. 저 놈은 풀카오인 것은 틀림없는데 아무리 봐도 고수처럼은 안 보였다.

그런데 상대는 무려 대연합 신성의 부장님 아닌가. 같은 부장이라고 해도 중소연합과 대연합의 차이는 어마어마한 법. 하물며 글로벌 대연합 신성의 부장급이면 말 다했다.

"동영상 촬영 아이템 갖고 있는 애 없어?"

"나! 나 있어!"

"오, 역시. 그래. 하나 빨리 써봐. 동영상 촬영해서 뿌리자. 유튜브에 올리면 조회 수 꽤나 나올 거 같은데."

그들은 믿어 의심치 않았다. 저 풀카오 새끼가 신성의 부장의 검에 썰리는 것을 말이다.

그들은 봤다. 저 풀카오가 교관님의 검을 향해 주먹을 내뻗는 것을.

"저 새끼 미쳤나 봐."

어떻게 주먹을 검에다가 가져다 댄단 말인가. 주먹을 사용하는 권투사 클래스라면 그럴 수 있겠다만 체격이나 아이템 등을 보면 그런 것도 아닌 것 같고.

동영상 촬영 아이템을 쓴 학생은 울상을 지었다.

"설마 한 방에 끝나진 않겠지. 제발."

이거 하나에 5만 원짜리 아이템이다. 분위기에 휩쓸려 쓰기는 했는데 이대로 그냥 끝나 버리면 너무 아깝지 않은가. 뭔가 좀 스펙타클하고 멋있는 게 나와줘야 하는데 말이다.

그때,

콰과광!

뭔가가 터지는 소리가 들려왔다.

"어우씨! 깜짝이야!"

"폭탄 터지는 줄 알았네."

"야, 아냐. 저, 저거 보라고……."

폭탄 따위는 아니었다. 누군가 뒤를 덮친 건 더더욱 아니었고.

"설마?"

"저기서 소리가 난 거야?"

주먹과 칼이 부딪치는 저곳. 저기서 저런 폭발음이 들렸다.

"뭐, 뭐, 뭐야?"

어떻게 그럴 수가 있지. 학생들은 아주 조금 불안해졌다.

"교관님 칼이 부러졌어."

부러진 정도가 아니었다.

"박살…… 났어."

"미친!"

교관의 검이 박살이 나버렸다. 그런데 그것보다 훨씬 큰 문제가 있었다. 교관은 인상을 잔뜩 찡그렸다.

'레어급 아이템이 박살 났다.'

그냥 주먹과 부딪쳤는데 레어급 아이템이 박살 난다? 운이 더럽게 없지 않는 한 있을 수 없는 일이다. 아니, 그냥 운이라면 불가능에 가깝다. 저게 가능하려면 뭔가 특별한 스킬을 사용해야 했다.

그는 그 스킬을 알고 있다.

'아이템 브레이커!'

이제 좀 알겠다.

'방어 계열 마법을 익힌 법사.'

거기에 더해,

'아이템 브레이커까지 익히고 있어.'

그렇다면 최소 레벨 40 이상의 방어형 마법사다. 아마도 자신의 레벨 디텍팅보다 더 상위급의 치팅 스킬을 가지고 있는 상태고, 레벨을 속인 것이란 판단이 들었다.

가끔 저런 변태들이 있다. 법사 주제에 육탄전 PVP를 즐기는 변태 같은 놈들. 그런데 학생들 쪽에서 비명이 터져 나왔다. 그는 학생들 쪽을 힐끗 쳐다봤다. 저도 모르게 욕이 튀어나왔다.

"시발……."

그럴 수밖에 없었다.

'문책 들어오겠네.'

학생 두 명이 죽었다. 즉사였다. 칼이 박살 나면서 그 파편이 튄 모양이다. 학부모들에게 항의가 들어올 것이 뻔했다. 인사 평점도 나빠지겠지. 더럽게 운이 없다.

'단순 아이템 브레이커가 아닌가?'

뭔가 더 특별한 기술이다. 아이템을 부숴서 그걸로 상대를 공격하다니. 그것도 크리티컬샷을 뜨게 하다니. 아무리 학생들 레벨이 낮다고는 해도, 한 명도 아닌 두 명을 동시에 사살했다. 그것도 한 방에. 이건 더 특별한 스킬이 틀림없었다.

물론 아니다. 그냥 힘으로 쳤는데 그 힘이 너무 셌을 뿐이다. 한주혁은 그 어떤 스킬도 쓰지 못하는 상태다. 레벨이 19밖에 안 되며 평타였다.

한주혁도 짜증이 치밀어 올랐다.

'아니. 그래도 내가 학생들까지 죽이려는 건 아니었는데.'

의도와 상관없이 예상은 했다. 대충 이런 비슷한 일이 벌어질 거 같긴 했다. 그래. 어차피 풀카오. 이미 버려진 몸이다. 이렇게 쓰레기가 되나 저렇게 쓰레기가 되나 뭐 거기서 거기지. 그는 깊게 생각하지 않기로 했다.

—지원 요청합니다. 학생 둘이 죽었습니다.

교관의 말이 잠깐 끊겼다. 검은 잿더미로 변해 버리면서 잠시 말이 끊긴 거다. 다시 말해, 지금 이곳에는 검은 잿더미가 3개 있는 셈이다.

검은 잿더미 중 하나가 말풍선을 띄웠다.

"이 풀카오 개새끼야!"

다른 검은 잿더미도 욕했다.

"너 스샷 저장했다!"

또 다른 검은 잿더미는 아무 말도 하지 못했다. 그 잿더미는 교관 잿더미였다. 한 방에 뻗은 잿더미는 말을 잃었다.

"……."

주먹 한 방이었다. 방어 계열 마법사가 아닌 것 같다. 한 번 마법을 사용할 수 있도록 해주는 스크롤을 사용한 뒤 공격 스킬로 자신을 죽인 것 같다. 방어 계열 마법사가 자신을 한 방에 죽여 버릴 수는 없는 거다.

—놈은 공격 계열의 특수능력을 익히고 있는 놈입니다. 저는 사망했습니다. 학생 둘도 죽었습니다. 상황이 매우 안 좋습니다. 긴급 지원을 요청합니다!

한주혁은 자신의 주먹을 바라보며 고개를 갸웃했다.

'음…….'

설마 설마 했는데.

'진짜 한 방이네?'

레벨 차이가 꽤 많이 난다. 그래서 레벨 역보정을 받고 있는 상태. 그런데도 한 방에 죽었다.

'대연합 부장급이면 그래도 꽤 비등하게 싸울 수 있을 거 같았는데.'

역시 레벨 40대로는 상대가 안 된다. 스텝업을 거쳐서 50대는 되어야 뭐 좀 싸울 만할 거 같다.

'아니. 아무리 그래도 한 방은 너무 허무한 거 아니냐?'

스킬도 아니고 평타인데 말이다.

알림이 이어졌다.

–풀카오 상태가 유지됩니다.

–살인자의 표식이 더욱 진해집니다.

–Suffenus가 더욱 높아집니다.

한주혁이 학생들을 둘러보면서 말했다.

"너네도 나랑 싸울래?"

학생들이 뒷걸음질 쳤다. 호기롭고 패기 넘치게 '그래. 너 같은 악당 놈은 내가 물리쳐 주마'라는 만화영화 속 주인공은 없었다.

'우릴 다 죽이는 건 아니겠지?'

그럼 유례없는 아카데미 대학살이 되고 말 것이다. 한주혁이 피식 웃었다.

"퀘스트 열심히 해서 꼭 훌륭한 사람 돼라. 너네가 먼저 안 치면 나도 안 쳐."

"……."

한주혁이 걸음을 옮기자 학생들이 양옆으로 주욱 갈라섰다. 길이 열리는 기적이 일어났다.

"아참. 너. 영상 기록 스톤 내놔, 인마."

"여, 여, 여기요."

학생들은 전부 겁먹었다. 비록 게임 속 가상현실이지만 죽는 건 무섭다. 죽는 게 무섭다기보다는 죽을 때의 그 고통이 무섭다. 고통이 생생하게 전달되니까. 한주혁도 학생들 상대로 겁주고 협박하고 싶진 않다. 그런 건 지질하지 않은가.

"자."

5만 골드를 건네주고 영상 기록 스톤을 받았다. 인간적으로 학생들에게는 갈취하지 않기로 했다. 스크린샷까지 어찌하지는 못하겠지만 어쨌든 영상이 퍼지는 거보다는 낫겠지.

한주혁이 씨익 웃고 말했다.

"열심히 공부해서 형처럼 착한 사람 돼라."

살인자. 풀카오 한주혁이 멀어졌다.

아카데미 소속 교관들에게 비상이 걸렸다.

"뭐라고?"

인솔교관 루터가 사망했단다. 보고에 따르면 일격에 죽었다고 했다.

"우리만으로 안 되는 거 아닐까요?"

"지원이 더 필요하겠는데."

"그사이에 학생들이 더 죽습니다!"

그때, 학생과 연락이 닿은 또 다른 교관이 말했다.

"다행히 학생들은 무사하답니다. 두 명의 사망자를 제외하면…… 괜찮다고 하네요."

"풀카오가 어째서 그냥 갔을까요?"

그들은 합당한 결론을 내렸다.

"외부의 추가지원을 두려워한 겁니다. 빠르게 몸을 피하고 싶었겠죠."

"아……!"

확실해졌다. 그 마법사로 추정되는 풀카오는 강력한 한 방 마법과 아이템 브레이커를 익히고 있는데, 오랫동안 싸울 수 있는 체력은 없는 것이 틀림없었다. 그래서 학생들도 살려뒀고 외부의 지원이 도착하기 전에 꽁무니를 내뺀 것이 틀림없다.

"서둘러 들어가야겠습니다!"

그들은 아만티움 던전 안으로 들어왔다. 학생들이 겁에 질려 있는 게 보였다. 교관들 중 하나가 물었다.

"어느 쪽으로 갔지?"

"저, 저쪽이요!"

학생들은 그때서야 안심하기 시작했다. 국내 굴지의 대연합 소속 교관들이 무려 7명이나 한꺼번에 지원을 왔다. 그중 두 명이 학생들 호위를 섰다.

"당황하지 말고 침착하게 기다려."

나머지 5명이 풀카오의 뒤를 쫓았다. 학생들이 알려준 방향을 보아하니, 그 풀카오는 '탑(TOP)' 방향으로 향한 것이 틀림없었다.

외부에 지원 요청을 넣었다.

─풀카오. 탑 방향으로 이동이 확인되었습니다. 추적하겠습니다. 지원을 요청합니다.

아만티움 던전은 세 갈래 길로 이루어져 있다. 미니맵 상으로 탑, 미드, 버텀. 쉽게 말해 위, 중간, 아래의 길로 이루어져 있다.

그 셋 다 길목에 '방어 요새'가 있으며 방어 요새를 깨뜨리고 몬스터들을 처리한 다음, 던전 끝 쪽의 '최종 기지'를 부수면 던전이 클리어된다.

한주혁은 가장 위. TOP 쪽으로 향했다.

"저게…… 방어 요새군."

레벨 19에서 20으로 넘어가기 위해 꼭 거치는 던전. 누구나에게 익숙한 던전이지만 한주혁에게는 익숙하지 않았다. 그는 정규 커리큘럼을 익히지 않았으니까. 그냥 인터넷에서 떠도는 공략집이나 몇 번 봤을 뿐이다.

그나마 TOP이 가장 편한 길이라는 공략을 얼핏 봤다.

"저놈들이 해골병사."

딱! 딱! 딱! 딱!

뼈 관절끼리 부딪치는 소리를 내며 몰려드는 몬스터들을 봤다. 대부분 흰색. 그들은 조악한 칼과 나무방패를 들고 있었다. 개중에는 붉은색 뼈를 가진 놈들도 있었는데, 저놈들을 조심해야 한다고 했다.

"대충 치면 되겠지?"

현재 에르다는 은신 상태. 장로 NPC들이 필요 이상으로 나서면 안 됐다. 이 시스템 내의 제국. 에르카스에게 찍힐 수도 있으니까. 에르다의 말에 따르면 '보스 몬스터' 혹은 '던전'에서 활개 칠 경우에 제국이 특히 관심을 가진다고 했다.

한주혁은 냅다 뛰었다. 알림이 들려왔다.

-방어 요새가 플레이어를 공격합니다.

－방어 요새의 공격 범위에서 벗어나 파티를 이루는 것을 추천합니다.

방어 요새는 공격력과 방어력이 매우 높다. 보통 이 던전은 수십 명이 파티를 이루고 들어와야 한다.

－몬스터들이 분노합니다.
－몬스터들의 공격력이 상승합니다.

이러나저러나.
"으랏차!"
방어 요새 정도 되면 한 10방은 때려야 되지 않겠는가. 어차피 요새와 기지만 부수면 이 던전은 클리어 된다. 몬스터들 때려잡아 봐야 레벨도 안 오르는데, 심지어 아이템도 안 떨어지는데. 얼른 이것만 부숴 버리기로 했다. 역시 평타다.
콰과광!
폭발음이 터져 나왔다.
"응?"
뭐야 이거?

－방어 요새가 파괴되었습니다.

왜 한 방에 무너져?

방어 요새가 그럴 리 없는데. 그래도 방어 요새인데? 이거 방어 요새 맞나?

"좋은 거지."

좋게 생각하기로 했다. 그리고 또 냅다 뛰었다.

한주혁의 뒤를 쫓고 있는 교관들 역시 TOP 쪽 길을 사용했다.

"저, 저기 보세요."

"방어 요새가……."

방어 요새가 이미 부서져 있었다.

"어떻게 이렇게 빨리?"

이해할 수 없었다. 어떻게 방어 요새를 이렇게 빨리 부쉈단 말인가.

"특수한 아이템을 가지고 있는 것이 틀림없습니다."

"그의 생각을 알 수 있겠군요."

지략가로 통하는 제르갈의 표정이 어두워졌다.

"어차피 우리는 이곳을 벗어나려면 클리어를 해야 합니다. 결국은 최종 기지까지 가야 한다는 소리죠."

해골병사들이 몰려들었다.

"놈은 해골병사는 건드리지 않고 요새만 부쉈습니다. 해골병사들을 통해 우리의 체력을 다 빼놓고 최종 기지에서 우리를 급습할 생각인 겁니다."

"……."

아주 주도면밀한 놈이 아닌가.

"학생들을 살려놓은 것도 우리의 병력을 분산시키기 위해서인 것이 틀림없습니다."

좋든 싫든, 학생 쪽에는 호위를 붙여놓아야 하니까. 다른 교관이 고개를 끄덕였다.

"그래서 일부러 살려놓았군요."

"그렇습니다. 아주 얄팍한 수를 쓰고 있군요."

교관 하나가 해골병사를 해머로 부숴 버렸다. 그러고서 물었다.

"지원을 더 기다려서 한꺼번에 들어갈까요?"

제르갈이 고개를 저었다.

"아뇨. 우리도 이대로 전진하는 게 좋을 것 같습니다."

그의 표정에는 확신이 가득 차 있었다.

"상대는 이런 얄팍한 수를 써야만 우리를 이길 수 있다고 판단한 겁니다. 최종 기지는 방어 요새보다 훨씬 강력한 공격력과 방어력을 자랑합니다. 그걸 감히 혼자 깨뜨리지는 못할 겁니다."

그게 가능하려면 아마 대연합 임원 정도는 되어야 할 거다.

물론, 대연합 임원쯤 되는 플레이어들은 이러한 곳에서 시간 낭비는 절대 하지 않겠지만.

"아마 입구쯤에서 기다리고 있겠죠. 서두르는 것이 좋겠습니다. 놈이 미드나 버텀을 통해 초입으로 돌아가 학생들을 공격하면 골치 아파집니다."

한편, 한주혁은 최종 기지에 도착했다. 아까와는 비교도 할 수 없으리만치 많은 해골병사들이 보였다.

'와……. 진짜 19레벨들은 클리어하기 어렵겠네.'

정말 많았다. 개중에는 궁수도 포함되어 있어서 일반적인 플레이어들이라면 상대하기가 굉장히 까다로울 것이 틀림없었다. 한주혁에게는 데미지가 전혀 없지만 말이다.

"음."

아마 교관들이 뒤에서 바짝 쫓아오고 있을 거다. 대기업 연합 소속 플레이어들 한두 명은 몰라도, 여러 명이면 상당히 귀찮아질 거다.

"빨리 끝내야지."

최종 기지 앞에 섰다. 최종 기지의 화포가 한주혁을 공격했다.

콰광!

폭발음이 들렸지만 H/P는 미동조차 하지 않았다. 아프지도 않다.

'그래.'

그래 봤자 여긴 초급 던전 아닌가. 아무리 레벨이 낮아도 레벨 99에 해당하는 스탯을 가진 자신 아닌가.

'설마 한 방에 터지진 않겠지?'

아무리 초급 던전이라지만 그래도 명색이 최종 기지인데. 주먹을 들어 올렸다. 이번에도 역시 평타다. 평타 주먹을 사용했다.

"으랏차!"

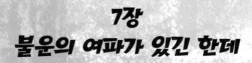

7장
불운의 여파가 있긴 한데

최종 기지는 역시 최종 기지다웠다.

"오오. 역시!"

한 방에 터지지 않았다. 한 방에 터지지 않은 것이 당연했다. 당연한데 좀 신기하기도 했다.

"최종 기지는 최종 기지의 이름값을 하네."

아니, 근데 내가 왜 좋아하고 있지?

약간 실망도 했다.

"쉴드 게이지가 안 차잖아?"

최종 기지를 부수는 데 가장 성가시고 짜증 나는 것이 쉴드 게이지다.

쉴드는 최종 기지를 보호하고 있는 특수한 방어막이며 물리, 마법 공격에 강한 내성을 가지고 있다. 다시 말해, 모든 공격을 다 방어한다는 뜻이다. 이 쉴드는 내구도가 매우 높은 데다가 자체 회복 속도도 굉장히 빨라서 공략하기가 어렵다고 알려져 있다.

그런데 한주혁의 평타 한 방에 쉴드 게이지가 차오를 생각을 하질 않았다. 아예 파괴되어 버린 거다.

"뭔 놈의 쉴드가 이렇게 약해?"

그래도 최종 기지인데. 조금 기대를 했건만 그래 봤자였다. 역시 너무 저렙 던전인가 보다.

현재 한주혁의 주위로는 수많은 해골병사들이 달라붙어 칼질을 하고 있는 중이다. 데미지는 단 1도 먹히지 않고 있다. 최종 기지의 화포도 열심히 한주혁을 공격했지만 한주혁의 방어력을 뚫지 못했다.

스텝업 구간을 무려 9번 거친 스탯을 가지고 있는 한주혁이다. 스탯을 더 올릴 수 없어서 그렇지, 만약 더 올렸으면 더 엄청난 평타가 나왔을 거다.

'빨리 끝내자.'

그래서 주먹을 들어 올렸다. 그리고 이어진 평타.

레벨 99의 스탯을 가진 레벨 19짜리 초짜(?) 플레이어의 무자비한 평타에, 최종 기지는 맥을 못 추고 무너지고 말았다. 그와 동시에 해골병사들이 그림자처럼 사라지기 시작했다.

―축하합니다!

－아만티움 던전이 클리어되었습니다.

－아만티움 던전 클리어 보상으로 스텝업 포인트가 주어집니다.

－단, 아만티움 던전 보상을 이미 받은 플레이어는 보상 획득 대상에서 제외됩니다.

역시나가 역시나다. 아만티움 던전을 클리어하면 스텝업 포인트가 주어진다. 이걸 사용하면 레벨 20으로 도약할 수 있다.

'레벨을 20으로 올리면.'

그러면 이제 '어둠의 광야'로 이동할 수 있다. 20년간의 백수 생활의 진정한 끝을 알리게 되는 거다.

－던전 밖으로 이동합니다.

한주혁은 숨을 들이마셨다. 지금은 던전 밖으로 이동하는 로딩시간. 주변이 어두워졌다. 하지만 밖으로 나가면 던전 입구에서 교관들을 마주치게 될 거다.

'이제 여기서 놈들이 나타나겠지?'

미리 생각을 다 해뒀다. 교관들이 기다리고 있을 거다.

'차라리 잘됐어. 몇 명이나 있을까?'

워낙에 급한 긴급지원이었을 테니, 많아봐야 다섯 명 정도일 터.

'다섯 명 정도면 붙어도 되겠는데.'

아마 괜찮을 거다. 그렇게 생각했다.

'50대 플레이어가 있으면 좋겠다.'

그래야 좀 더 명확한 자기 객관화를 할 수 있지 않겠는가. 자신의 힘이 어느 정도인지 말이다. 로딩시간이 끝났다. 눈앞이 밝아오기 시작했다.

약간 난감해졌다.

'교관이 7명이나 있네.'

확실히 대연합은 대연합인 모양이었다. 이렇게 빨리 부장급 인사들을 보낼 수 있는 걸 보면.

TOP 루트를 따라 최종 기지로 향하던 교관들은 황당했다.

—아만티움 던전이 클리어되었습니다.

아만티움 던전이 클리어되었단다.

"잠깐만요. 분명 혼자라고 했잖아요."

혼자서 아만티움 던전을 이렇게 빨리 클리어했다? 있을 수 없는 일이다.

"미드랑 바텀 확인 안 해봤죠?"

"못 했지. 시간 없어서."

"아마 그쪽에 지원군이 많이 있었을 거예요. 최소 수십 명."

"그, 그 정도로 많을까?"

제르갈이 침착하게 말했다.

"교관님들이 아시다시피 이곳은 중복 보상이 허용되지 않는 아마추어 던전입니다. 이미 클리어를 했던 플레이어가 일정 수준 이상 공헌을 하게 되면⋯⋯. 보상조차 주어지지 않는 형태의 던전이죠."

그래서 학생들 스스로가 클리어해야 한다. 교관들은 위험한 상황이 닥쳤을 때, 그 학생들을 도와주고 보조하는 역할까지만 한다. 까딱 잘못하면 고생은 고생대로 하고 보상은 못 받는 경우도 생기니까.

"그렇다면 이 던전을 클리어한 놈들의 레벨은 그렇게 높지 않을 겁니다."

상식적으로는 말이다. 최소 레벨 20까지는 아카데미를 거쳐서 성장하니까. 보통은 그렇다. 애초에 저레벨들이 아카데미를 거치지 않고 스텝업 포인트를 얻을 수 있는 기회는 거의 전무하다시피 하니까.

"그런데 이토록 빠르게 클리어했다는 것은 그 숫자가 생각보다 훨씬 많다는 뜻이겠죠."

곧 로딩이 시작된다. 학생들은 얼떨떨해했다. 아무것도 안 했는데 갑자기 보상이 주어졌으니까. 뭣도 모르는 학생들은 스텝업 포인트를 받았다며 신나했다.

교관들의 얼굴은 더욱 어두워졌다. 제르갈이 말을 이었다.

"저희는 지켜야 할 아이들이 너무나 많습니다. 함부로 놈과 PVP를 벌일 수 없다는 뜻입니다. 놈은 분명 이것을 저희에게 어필하기 위해서 이토록 빠르게 이곳을 클리어했을 것입니다."

"……."

"만약 그런 이유가 아니었다면 최종 기지 부근에서 매복을 하고 있다가 이쪽을 습격했겠지요."

그랬다. 이것은 무언의 압박이었다. 이쪽은 숫자가 많으니 함부로 덤빌 생각을 하지 말라고. 제르갈은 철저히 강자의 시선에서 해석했다. 더 정확히 말하자면 상식선에서 해석했다.

"로딩이 끝나면…… 놈을 잘 구슬려서 돌려보내야 합니다. 그래야 피해를 최소화할 수 있습니다."

지금은 그깟 풀카오를 잡는 게 중요하지 않다. 플레이어 제르갈이라면 모를까, 교관 제르갈은 그럴 수 없었다. 지금 제일 중요한 건 학생들이었다. 학생들이 이곳에서 많이 죽기라도 했다가는 대연합의 위상이 땅으로 곤두박질 칠 테니까.

로딩이 끝났다.

던전 밖. 제르갈이 크게 외쳤다.

"적들의 수장은 들어라!"

한주혁도 그 말을 들었다. 적들? 뭔 소리야? 나는 혼자인데. 에르다가 같이 있긴 하지만 철저히 은신 상태고.

교관들의 시선이 풀카오. 아서에게 향했다. 아서는 자신이

카오라는 것을 증명하기라도 하듯 검은색 마기를 폴폴 풍겨 댔다.

교관들은 주위를 살폈다.

'벌써 은신을 끝마쳤나?'

도대체 어디에 숨어 있는지 알 수 없었다. 그만큼 은신에 능하다는 소리. 어딘가에 은신하고 있다가 전투가 벌어지면 학생들부터 공격할 것이다. 저놈. 아주 약삭빠른 놈이다.

물론 아니다. 여기에는 한주혁밖에 없다. 하지만 교관들은 긴장의 끈을 놓치지 않았다.

"네가 노리는 바가 무엇인지 잘 알겠다. 이곳에서 의미 없는 전투는 벌이지 않았으면 좋겠군."

"……."

한주혁은 고개를 갸웃했다. 쟤 갑자기 왜 저래?

'한판 떠보려고 했더니.'

그런데 모양새를 보아하니 그냥 보내줄 심산인 것 같다.

"이번에는 그냥 보내준다. 너도 의미 없는 죽음을 맞이하고 싶지는 않을 터!"

의미 없는 죽음? 한주혁은 고개를 갸웃했다. 그는 죽어줄 생각이 손톱만큼도 없었는데.

'근데 학생들도 되게 많고.'

이제 겨우 레벨 20을 달성한 풋내기들 아닌가. 저런 애들 잡아서 어디다 쓰겠는가. 레벨은 낮지만 숫자가 수십 명이나 되고. 또 운도 더럽게 없어서 파편 튀면 몇 명 죽을지도 모른다. 아무 힘도 없는 학생들 잡는 거. 그건 좀 별로다.

'PVP는 나중에 하지 뭐.'

기회는 많을 거다. 일단은 보내줄 때 가기로 했다. 사실 그는 지금 당장 가고 싶은 곳이 있었으니까. 어둠의 광야. 한시라도 빨리 그곳을 가고 싶었다. 거기에는 노다지가 있을 테니까!

대연합 소속 교관들은 회의를 가졌다.

"그 세력은 도대체 어디였을까요?"

"글쎄요. 그 정도의 마기라니. 어마어마한 카오더라고요. 진성 풀카오인 것 같아요."

"레벨 19에 그게 가능할까요? 보아하니 변변한 아이템도 없는 것 같던데."

"전문적으로 카오를 양성하는 기관이 있다는 소문이 있긴 있던데……."

"그런 놈들이 있다고요?"

지금의 사회는 어느 정도 무형의 신분제가 공고히 된 사회다. 개천에서 용 나는 시대는 이제 갔다. 어릴 때부터 엘리트 코스를 밟아야 엘리트가 될 수 있고, 그렇지 못하면 그냥저냥 평범하게 살아간다. 대부분의 사람들이 그렇다.

"현시대에 불만을 품은 몇몇이 모여서 카오 행세를 한다는 소문이에요."

"단체가 특정되어 있나요?"

"모르겠어요. 다만, 꽤 믿을 만한 정보통에 의하면 제국과 귀족들이 약간 냄새를 맡은 모양이에요. 조만간 대단위 퀘스트가 내려올 것 같다는 소리도 있어요. 그런 풀카오들과 관련해서."

그런데 제르갈이 하나의 가능성을 제시했다.

"어쩌면 루펜달일 가능성도 있습니다."

"예? 루펜달은 레벨 50대 PVP 플레이어잖아요."

"레벨을 속이는 치팅을 썼을 가능성도 배제할 수 없습니다. 또한 그는 일반적인 루트가 아닌 다른 방식으로 레벨업을 한 스타일이기 때문에 이전에 아만티움 던전을 클리어하지 않았을 가능성도 있습니다. 그것 말고는 현재 얘기가 성립되지 않습니다."

"데스 네일."

스킬명을 말함과 동시에 플레이어 셋이 사망했다. 잿더미들이 외쳤다.

"이 더러운 카오새끼야!"

"언젠가 반드시 척살한다!"

그는 잿더미들의 절규에 익숙했다. 잿더미들이 아무리 발악해 봐야 어차피 잿더미들 아닌가. 협박은 이제 새롭지도 않다.

그의 이름은 루펜달. 방어 계열의 마법을 극성으로 익힌 PVP 전문 마법사다.

"너! 조심하는 게 좋을 거다! 이엔씨에서도 널 쫓고 있으니까!"

"이엔씨?"

그는 별로 상관하지 않는 것 같았다.

"오호라. 아이템을 떨궈 주셨네. 겟!"

보아하니 500만 원 정도는 할 것 같다. 용돈은 되겠네. 그는 킥킥대고 웃었다. 이엔씨? 어느 듣보잡 중소연합일 것이 틀림없었다. 뭐. 플레이어 죽이는 것이야 이미 이골이 난 몸이고. 누가 미워하든 무슨 상관이랴.

"에이, 뒈졌으면 빨리 로그아웃이나 해라. 시끄럽다. 호갱님들, 잘 가!"

루펜달은 유유히 자리를 벗어났다. 그런데 오늘따라 살짝 신경이 쓰였다. 이엔씨가 어디인가 하고 인터넷으로 찾아봤더니, 꽤 괜찮은 중소연합이지 않은가.

'이런 놈들하고 엮인 적이 없는데?'

음.

'누가 나를 사칭하고 다니나?'

그런 적이 한두 번이어야 말이지. 그런데 또 이상한 소식도 들려왔다. 한 풀카오가 아만티움 던전에 들어가서 활개를 쳤다는 거다.

"미친놈이네. 왜 대연합이 떡하니 버티고 있는 데서 난리를 쳐?"

아주 미친놈이 틀림없었다. 그런데 더 황당한 건 다음이었다. 올림푸스 매니아 내의 여론이 이랬다.

—루펜달이 깊숙이 관여하고 있을 가능성이 크다.

—안 그래도 레프니아 산맥 근처에서 이엔씨 연합 애들이 루펜달한테 몰살당했어. 위치나 시간, 공격 형태 등으로 보면 확실하다.

—아니. 그 카오 놈은 저레벨일 확률이 높다고 했어. 루펜달은 고렙이잖아?

—대연합 사람들 말 들어보면 레벨 속이는 치팅도 있대.

스크린샷까지도 공개가 됐다.

"저런 새끼랑 나를 헷갈린단 말이야?"

풀카오는 겉모습으로 보면 사람 구분이 잘 안 된다. 마기가 하도 짙게 껴 있어서 그렇다.

"아니, 아무리 그래도 저런 노템인 허접새끼랑 나를 헷갈려?"

이거 안 되겠다. 까딱 잘못하면 대연합에 쫓기게 생겼다. 오해를 풀어야 했다.

그는 서둘러 올림푸스에 접속했다. 아무리 그가 잘난 법사라도 대연합이랑 엮이면 삶이 피곤해진다. 그가 지금껏 명성을 이어오며 잘살아온 건, 철저하게 약자만을 괴롭히며 살아왔기 때문이다. 이거 이러다 큰일 나게 생겼다.

"그 새끼를 잡아야겠어."

한주혁은 어둠의 광야로 향했다.

레벨 30대의 플레이어들에게 굉장히 인기가 좋은 곳으로, 블루 스톤 드랍율이 무려 10퍼센트에 이르는 '카우카우'라는 몬스터가 집단으로 서식하고 있다.

레벨 20 이상 45 이하의 제한이 있는 사냥터이며, 중견연합 몇과 많은 중소연합이 이곳의 사냥권을 따내고 작업을 하는 곳이다. 상위급 사냥터로 가면 갈수록 '사냥권'에 대한 이권다툼이 많이 일어난다. 대연합일수록 좋은 사냥터에 대한 사냥권을 획득하고 있으며, 사냥터에 대한 사냥권은 연합들의 연합. K-UN에서 관리한다.

블루 스톤은 하나에 500만 골드에 거래된다. 10개면 5천만 골드. 100개면 5억 골드다.

'한 방에 안 죽으면 좋겠는데. 제발.'

하지만 한 방일 거다. 어쩔 수 없지. 그러면 역시 장로를 활용해야 했다. 보스 몬스터 레이드나 던전 안이 아니라면, 장로가 어느 정도 활약해도 되니까.

사실 이런 고민을 하는 것 자체는 일반적이지 않은 상황이다. 보통 30대 레벨 플레이어들이 7, 8명이 팀을 이루고서 하루 종일 잡아봐야 30마리를 채 못 잡는다.

사냥하는 동안 다른 카우카우의 시선도 끌어야 하고, 카우카우의 회복력을 넘어서는 공격을 끊임없이 부어야 하며, 체력관리도 해야 한다. 한주혁이 굉장히 특이한 상황인 거다.

어쨌든 한주혁은 나름대로 계획을 세웠다. 사실 계획이랄 것도 없지만.

'내가 나서서 시선을 많이 끌고.'

장로 중 하나가 놈들을 잡아서 블루 스톤을 획득한다. 이게 지금 그가 원하는 시나리오였다.

'100개만 얻자!'

일단 꿈은 소박하게 100개로 하기로 했다. 5억 골드면 번듯한 소형 아파트 한 채는 살 수 있겠지.

그가 보무도 당당하게 걸음을 옮겼다.

'이사를 향하여!'

알림이 들려왔다.

―어둠의 광야에 진입하시겠습니까?

멀리 보면 아파트다. 그런데 지금은 그것보다 조금 더 소박한 꿈도 하나 있다. 원래 꿈이라는 건 차근차근 단계를 밟아 이뤄나가는 것 아니겠는가.

'열심히 때려잡아서 세아 생일선물도 좀 사줘야지.'

사실 한주혁에게 있어서 생일은 사치였다. 그래서 스스로의 생일을 별로 중요하게 생각하지 않았다. 남들이 아카데미를 졸업하고 취직을 하게 되는 20살 때부터는, 아예 생일파티를 해본 적도 없다. 가족들 볼 면목도 없고 집에서 밥만 축내는 밥돌이가 무슨 생일을 챙기냐 싶어서 그랬다.

"그래도 오빠 1년에 한 번뿐인 생일이잖아?"

싫다 싫다 해도, 한세아는 매년 생일 케이크를 사 왔고 한주혁 몰래 지갑에 10만 원씩 넣어줬었다. 그리고 나서 이거 네가 넣었냐고 물어보면,

"응? 미쳤어? 오빠 줄 돈 있으면 내가 현질을 하고 만다!"

라고 말을 하곤 했었다. 한주혁도 알면서 그냥 넘어갔다. 창피하지만 그 돈이 없어서 궁상을 떨었었으니까. 하지만 이젠 다르다.

'이번 생일은 내가 챙겨줄게.'

이제 그런 서러운 시간은 끝났다. 어둠의 광야에서 크게 한

탕 뛰면 5억 골드쯤 생길 수도 있다.

어둠의 광야는 굉장한 인기 사냥터다. 보통 레벨 20대 중반의 주임, 대리급 몇 명과 30대 과장급 이상의 파티원들이 파티를 꾸려서 찾아온다.

사냥권을 가진 연합이 너무 많아 지나친 레드오션이라는 말도 있었지만, 그럼에도 불구하고 아직까지 많은 중소, 중견 연합들이 이곳에서 매출을 낸다.

7~8명으로 이루어진 팀이 하루 8시간 정도 사냥을 하면 블루 스톤 2, 3개는 획득할 수 있는 곳. 당연히 인기가 좋다. 이곳에서만 작업을 진행하여 월간 1억 이상 매출을 올리는 중소 연합도 있을 정도다.

어쨌든 그런 일반적인 얘기들은 한주혁과는 관계없었다.

'2시간에 한 번. 리젠타임이 진행되고.'

리젠이 끝나면 약 30분 동안 카우카우 무리가 어둠의 광야를 휩쓸고 다닌다. 정말 운이 좋은 경우, 카우카우킹이 나타나는데 이 보스 몬스터는 보상이 매우 짭짤한 몬스터로 알려져 있다.

'에이씨. 행운 -99만 아니었어도.'

하다못해 스탯 분배만 가능했어도. 그랬으면 지금쯤 아주 떵떵거리면서 잘살고 있을 텐데.

'그래도 SSS등급 퀘스트가 있잖아.'

착실히 진행 중이다. 이걸 클리어하면 어마어마한 보상이 뒤따르겠지. 이번에 데려온 장로는 제타다.

"제타, 준비됐나?"

"예! 뼈를 깎고 살을 발라 주군의 명을 받들고 또 받들겠사옵니다!"

제타는 그에게 호의적인 일곱 장로 중 한 명이며 장로들 중에서도 광역계 마법에 가장 익숙한 NPC다.

"주군 앞을 가로막는 모든 쓰레기들을 지옥불에! 사지를 절단해 버리고 말겠습니다!"

"……."

좀 지나친 감이 있긴 한데. 그냥 넘어가기로 했다.

'10분 전에 난입해서 깡그리 쓸어버리고.'

고렙 지원군이 오기 전에 카우카우들을 모조리 잡아 블루스톤을 획득한 다음,

'워프로 도망치는 게 목표.'

원래 이 사냥터는 플레이어 레벨 20~45 제한이 걸려 있는 사냥터다.(NPC는 레벨 제한이 없다) 하지만 예외가 있다. 같은 연합 소속 플레이어가 카오에 의해 죽었을 때. 이때에는 고렙들도 몬스터존에 진입할 수 있게 된다.

"흐음."

진입하는 순간 발각되는 것은 자명한 사실이다. 속전속결이 중요하다.

'과연 2, 30대 레벨이 가장 선호하는 사냥터답네.'

수많은 플레이어들이 보였다.

수많은 플레이어들이 보였다.

몬스터 필드. 어둠의 광야에서는 한바탕 난리가 났다.

"풀카오다!"

"어? 진짜! 저 새끼 잡아!"

풀카오 하나가 난입했다. 보아하니 아이템도 없다. 허접인 것이 분명했다.

"안 그래도 명성 올리고 싶었는데 잘됐네."

"딴 놈들이 잡기 전에 빨리 잡자."

그들은 자신들의 숫자를 믿었다. 자신들의 뒤에 떡하니 버티고 있는 과장님과 부장님을 믿었다. 회사생활 할 때에는 꼰대고, 개새끼지만 지금은 믿음직한 우군 아니겠는가. 저 풀카오새끼는 아무리 잘해봐야 레벨 45 이하. 저 한 마리를 상대하는데 이 정도 인원이 있으면 별로 무섭지도 않다.

그러나 그들은 얼마 버티지 못했다.

"도, 도대체 무슨 짓을 하고 있는 거야?"

"이, 이게 말이 돼?"

저 풀카오는 뭔가 이상한 마법을 부리고 있는 것이 틀림없었다. 주먹으로 플레이어들을 죽이고 있었는데, 그 주먹 한 방을 버티는 플레이어가 단 한 명도 없었다.

제타가 검을 휘둘렀다.

"주군의 앞날은 창창하리라!"

그가 우렁차게 외쳤다.

"악신 강림!"

그의 검에서 검은색 오라가 피어오르더니 하나의 거대한 거인이 되었다. 그 검은색 마기로 이루어진 거인이 플레이어들을 덮쳤다. 높이 약 15미터의 거대한 거인은 그야말로 움직이는 살상병기.

한주혁은 씨익 웃었다.

'오. 제법이네?'

악신 강림. 그도 이미 익히고 있는 기술이다. 제대로 사용하지 못할 뿐. 레벨 55에 사용할 수 있는 액티브 스킬이며 쿨타임이 빠르고 마나 소모가 적기 때문에 상당히 유용한 광역 기술이다.

'아. 나도 스킬 쓰고 싶다.'

약 천 명에 이르는 플레이어들을 언제 다 주먹으로 죽인단 말인가. 알림음까지 이어졌다.

―약 3분 뒤. 카우카우가 출몰합니다.

그와 동시에,

-풀카오 상태가 유지됩니다.

-살인자의 표식이 더욱 진해집니다.

-Suffenus가 더욱 높아집니다.

악명이 점점 더 높아지는가 싶더니,

-대륙 전역에 Suffenus 가 널리 알려집니다.

이제는 한술 더 떠, 대륙 전역에 악명을 높이는 카오가 되었다. 일정 수준 이상 명성을 올리면 '영웅'이 된다. 반대로 일정 수준 이상 악명을 높이면 '살성'이 된다.

-살성으로 등극합니다.

살성이 되면 온갖 페널티를 다 가진다. 영웅 플레이어와 PVP시, 데미지 약화와 더불어 방어력 약화. 신성 계열 플레이어의 스킬에 쥐약이 된다. 카오가 풀리는 시간도 어마어마하게 늘어난다. 사망시 아이템 드랍율 100프로는 물론이고, 재접속 시간이 240시간으로 늘어난다. 미치지 않고서야 살성이 되고 싶은 플레이어는 없다고 봐도 무방했다.

그러나 한주혁은 아니다.

−카리스마가 상승합니다.
−스카이데블의 충성도가 상승합니다.

지금 그는 SSS급 퀘스트를 진행하고 있는 중이다. 충성도와 카리스마를 높이는 방법이 뭐가 있는지는 모르겠지만, 지금은 이게 최선이다.

"지원군 불러! 당장 부장님께 연락해!"

"저 새끼! 내가 누군 줄 알…… 크억!"

제타의 검이 남자의 목을 쳤다. 잿더미로 변한 남자는,

"신성의 과장이 내 친구다, 이 새끼야!"

라면서 악을 썼다.

응. 그 신성의 부장. 내가 한 대 툭 치니까 죽던데.

−카우카우가 출몰합니다.

대부분의 플레이어는 죽거나 도망친 상태.

"제타, 쓸어버려."

"살을 발라 버리겠습니드아아아아아!"

제타는 마기를 끌어올렸다. 한주혁은 카우카우 무리 안으로 뛰어들었다.

"으랏차!"

열심히 주먹을 뻗었다.

움머어어어—!

황소와 비슷하게 생긴 네발 달린 몬스터. 눈에서는 붉은 빛이 났다. 그들은 앞에 있는 작은 인간을 짓밟기라도 하려는 듯 발을 구르며 한주혁에게 달려들었다.

'죽지 마라!'

염원을 담아, 주먹 한 방.

—카우카우를 사냥하였습니다.

—18,000골드를 획득했습니다.

에이씨. 이놈은 약해서 그럴 거야. 그래서 또 뺐었다. 주먹 두 방.

—카우카우를 사냥하였습니다.

—18,000골드를 획득했습니다.

설마 또? 주먹 세 방.

—카우카우를 사냥하였습니다.

—18,000골드를 획득했습니다.

어쩔 수 없지. 포기다. 주먹 네 방.

─카우카우를 사냥하였습니다.

─18,000골드를 획득했습니다.

이쯤 되자 살아남은 플레이어들은 도망치는 것조차 잊고 입을 쩍 벌렸다.

"저 미친 새끼……."

"저거 평타죠?"

"평타일 리가 있냐? 특별한 마법을 익힌 근거리 전투 계열 마법사지. 데미지가 저렇게 뜨는 거 보면 공격에 특화된 거 같은데."

그런데 생각해 보면 그것도 아니다.

"아까 원거리 딜러들이 공격을 그렇게 쏟아부었는데 안 통했잖아요."

"레벨이 최소 50 이상이라는 거지."

레벨 49와 50. 그 사이에는 엄청난 차이가 있다고 알려져 있다. 50이 되는 순간, 모든 능력이 증폭되며 훨씬 더 강력해진다. 그래서 그 구간이 스텝업 구간이다.

저 마법사는 분명 50이 넘을 거다.

"여긴 렙 제한 있는 곳인데요?"

"올림푸스에 특이한 놈 한둘이냐? 뭔가 특별한 수를 썼겠지. 일반적이지 않은."

주먹 다섯 방.

-카우카우를 사냥하였습니다.

-18,000골드를 획득했습니다.

주먹 다섯 번을 뻗는 데 걸린 시간은 불과 8초 정도. 8초 동안 약 9만 골드를 획득했다.

'이거도 뭐. 나름 괜찮네?'

거기에 더해,

-블루 스톤을 획득하였습니다.

이건 보너스다. 제타가 죽인 놈들 가운데 블루 스톤이 드랍됐다. 제타가 큰 기술을 사용했다.

"주군의 앞날에 영광으으으으으으을!"

여태까지 준비를 하고 있었다. 큰 공격을. 장로들 중 광역계 공격에 가장 특화된 제타다.

제타가 광역계 스킬을 사용했다. 그가 하늘 높이 뛰어 올랐다가,

"리미트리스! 라이트닝! 슬래쉬."

그가 검을 휘두르며 땅을 내려쳤다. 검은 번개가 떨어져 내리기 시작했다.

콰지직-! 콰지지직-!

수십 다발의 번개가 떨어지면서 카우카우 무리에게 폭발

데미지를 입혔다. 밀집되어 있는 놈들에게는 최상의 선택이었다. 적어도 수십 마리의 카우카우가 동시에 죽었다.

─플레이어의 '장로'에 대한 귀속을 확인합니다.

─현시점에 있어서 '장로'는 권속으로 인정됩니다.

─일정 지역 내에서 장로가 획득한 경험치가 플레이어에게 소급 적용됩니다.

또 다른 알림도 들려왔다.

─레벨이 올랐습니다.

"제타. 쿨타임 동안 블루 스톤을 수거한다."

블루 스톤 6개를 얻었다. 획득한 블루 스톤은 총 7개. 돈으로 치면 3,500만 원. 카우카우를 사냥해서 들어온 골드가 200만 골드. 약 3,700만 원의 수익을 올렸다. 일반 플레이어들은 상상도 할 수 없는 어마어마한 속도였다.

'이제 슬슬 튀어야겠어.'

기회는 한 번만 있는 게 아니다. 풀카오 소식을 들으면 명성에 눈이 뒤집힐 영웅 플레이어들이 달려들 거다.

그러던 찰나.

-보스 몬스터. 카우카우킹이 생성됩니다.

갈등했다.

'저걸 잡아? 말아?'

그래 봤자 레벨 20대 중반 이상의 플레이어들이 주를 이루는 곳에서 나타나는 보스 몬스터다. 물론 그들이 적어도 7명 이상 팀을 이루어 겨우겨우 한 마리씩을 잡는다는 것을 감안하면, 적어도 20대 중반의 난이도는 아닐 거다. 어찌 됐든 20, 30대 플레이어가 여러 명이 합심해서 잡으면 못 잡을 것도 없는 보스 몬스터.

'보스 몹인데 설마 한 방에 죽진 않겠지. 인간적으로.'

저놈을 잡으면 아주 운이 좋은 경우, 블루 스톤 꾸러미를 드랍한다. 블루 스톤이 무려 20개나 들어 있는 꾸러미다. 혹자는 그걸 서민들의 로또라고 부르기도 한다. 무려 1억이니까.

'어떡한다.'

그래. 남자는 한 방이지. 빨리 잡고 튀어야겠다. 그래서 카우카우킹에게 달려들었다.

-주의하십시오.

-레벨이 지나치게 낮습니다.

-보스 몬스터는 일반 몬스터와는 차원이 다를 정도의 강력함을 자랑합니다. 파티를 이루어 공격하십시오.

'좋다! 아주 좋다!'

차원이 다를 정도의 강력함!

'한 방은 버티겠지!'

그래. 내 레벨 24다. 레벨 24의 풀카오 한주혁이 주먹을 뻗었다. 그나마 멀리서 지켜보던 플레이어들은 몸을 부르르 떨어야 했다.

"보스몹한테 일대일로 싸움을 건거야?"

"아무래도 그런 듯합니다."

"미친놈이네. 아니, 차라리 잘됐어."

"……예?"

"잘 생각해 봐. 저놈 레벨이 몇인지는 몰라도, 혼자서는 보스몹을 절대 못 잡아. 아니, 잡을 수 있다 치자. 그런데 보스몹을 잡고 나면 멀쩡하겠냐?"

"아뇨. 많이 지치겠죠."

"분명 워프 포탈 써서 도망치려고 할 텐데. 보스 몬스터 존에서는 워프도 못 해. 지원군은 언제 온대?"

"이제 곧 도착한다고 연락 왔습니다. 1분도 안 남았어요."

"1분 안에 보스 몬스터 레이드가 끝날 것 같냐?"

"절대 불가능하죠."

"게다가 저놈 풀카오잖아. 가진 아이템 전부 다 떨군다고."

획득한 블루 스톤만 7개쯤 되는 거 같다. 그것만 주워도 어디냐.

완전히 도망치지 않고 멀리서 지켜보고 있길 잘했다는 생각이 들었다. 저 풀카오, 이제 쓴맛을 보리라. 아이템을 전부 토하고서 엉엉 울겠지. 그렇게 생각했다.

"대, 대리님. 저, 저거 보십쇼!"

"뭔데?"

그들은 믿을 수 없는 광경을 목격하고야 말았다.

카우카우킹은 블루 스톤 꾸러미. 그러니까 서민들의 로또를 매우 높은 확률로 드랍하는 로또 몬스터다.

한주혁은 아주 잠깐 고민했다.

'명색이 보스몹인데.'

한 방에 죽진 않겠지?

'한 방에 죽으면 곤란한데.'

그는 그의 능력치를 잘 모른다. 전혀 평범하지 않은 방식으로 레벨업을 했었으니까. 자신의 힘을 비교할 수 있는 객관적 지표도 없다. 다만, 한두 방 치면 죽겠지…… . 정도로만 생각하고 있을 뿐. 아마 레벨 50이나 60대 몬스터의 경우는 다를 것 같긴 하지만 말이다.

"제타. 놈을 죽일 수 있나?"

"물론! 가능합니다. 그러나…… ."

제타가 작게 말했다.

"필드 보스 몬스터를 사냥하면 제 움직임이 제국에 들어갈 가능성이 있습…… . 아니, 아주아주 높습니다."

그 움직임이 제국에 들어가면 스카이데블이 토벌당한다나 뭐라나.

그러면 안 되지. 까딱 잘못했다가 본거지가 토벌당하면 인생퀘스트고 뭐고 다 날아가는 거 아니겠는가. 겨우(?) 블루 스톤 꾸러미 하나 얻자고 큰 위험을 무릅쓸 필요는 없는 법이다.

'이놈만 얼른 잡고 튀는 척하면……'

중저렙 존의 보스몹. 상대하기는 쉬울 거다. 한 방에만 안 죽는다면.

'그러면 저기 숨어 있는 놈들이 나와서 막딜을 넣겠지?'

그러면 블루 스톤 꾸러미가 드랍될 확률이 매우매우 높다. 몬스터 사냥의 공헌도가 가장 높으니 30초간 아이템에 대한 독점권이 있을 테니 그걸 얻어내기는 어렵지 않을 거다.

그래도 보스몹인데. 설마 한 방에 죽진 않겠지. 데미지를 조절할 수 있으면 좋으련만. 그러나 그는 지금 그 어떠한 스킬도 사용할 수 없고 공격 수단은 그저 맨손 평타밖에 없다.

'그래. 평타잖아?'

그래서 주먹을 뻗었다.

퍽!

소리와 함께.

─카우카우킹을 사냥하였습니다.

─58,000골드를 획득했습니다.

보스 몬스터 카우카우킹이 그 자리에서 사망했다. 잿더미로 변해 점점 사라지고 있었다.

'이런 미친 보스몹새끼. 보스몹이라며?'

역시 중저레벨 대의 보스몹은 약했다. 약해도 너무 약했다. 그러나 멀리서 지켜보던 플레이어들은 기함을 토했다.

"카우카우킹을 한 방에?"

"역시 근거리 전투 계열 고렙 법사가 틀림없어요. 아니면 맨손 무투가나, 아니, 무투가일 확률이 훨씬 높겠네요! 아니, 근데 상식적으로 레벨 45 이하에 일반 무투가가 저런 힘을 낼 수 있을까요? 역시 특별한 한 방을 가진 마법사일 확률이 더 높겠어요. 아. 모르겠어요. 여튼 미친놈이네요."

그 누구도 저게 평타라고 생각하지 못했다.

"근데…… 아무리 봐도 평타란 말이야."

"에이, 과장님. 평타로 저 정도 데미지 내려면 적어도 레벨 70은 넘어야 할 걸요? 여긴 들어오지도 못해요. 아! 만약에 어떻게 들어왔다 쳐봐요. 근데 상식적으로 70 넘는 고레벨이 왜 이런데 와서 저러고 있겠어요? 그냥 레드 스톤 같은 거 하나 가져다가 팔면 훨씬 더 돈 되고 편할 텐데."

"여, 역시 그렇지?"

그래. 평타일 수는 없다. 저건 무조건 아주 특별한 마법이다. 눈은 저걸 평타로 봤는데, 머리는 저걸 평타로 인정하지 못했다.

평타고 나발이고. 한주혁은 속이 쓰려 죽을 것 같았다.

'왜!'

어째서!

'블루 스톤 꾸러미는!'

왜 내겐 기회조차 주지 않는 거냐! 아이템 드랍 확률이 하다못해 0.1퍼센트도 아니고 0퍼센트란 말이냐! 심지어 수십만 골드짜리 잡템도 안 떨어졌다. 보스몹은 90퍼센트 이상의 드랍율을 자랑하는, 소위 말하는 '돈 되는 몬스터'인데도.

'씨팔!'

아무래도 특단의 대책이 필요하겠다고 생각할 무렵. 또 다른 변화가 일어났다.

멀리서 지켜보던 플레이어가 눈을 깜빡거렸다.

"저, 저기 보십시오."

뭔가 몬스터가 생기고 있다. 여긴 카우카우와 카우카우킹만이 나타나는 몬스터 존인데? 게다가 리젠 시간이 2시간인데? 새로운 몬스터가 나올 수 없는 곳이다. 그런데 분명 새로운 몬스터가 나타났다.

"카우카우……?"

아니. 일반 카우카우와는 달랐다. 일반 카우카우가 커다란 황소 같은 느낌이라면, 저 카우카우는 커다란 아프리카 물소 같은 느낌이다. 마치 카우카우의 카오버전 같았다.

"저 몬스터. 본 적 있나?"

"아뇨. 없습니다. 처음 보는 몬스터입니다."

"왠지 세 보이지?"

그들은 더 이상 대화를 나눌 수 없었다. 하필이면 그들 앞에도 검은색 카우카우가 리젠되었기 때문이다. 검은색 카우카우는 상상을 초월했다.

"과, 과장님!"

두 플레이어는 순식간에 시체가 됐다. 잿더미가 되어 울분을 토했다.

"일반 카우카우가 아닙니다!"

"그건 나도 안다!"

왜냐하면 그도 잿더미가 됐으니까.

─강제 로그아웃 10초 전입니다.

곧 강제 로그아웃이 진행될 거다. 잿더미들이 마지막 대화를 나눴다.

"새로운 패치가 생긴 건가?"

"그런 공지는 없었는데요."

그들은 강제 로그아웃을 당했다.

한주혁은 주변을 살펴봤다.

'남은 플레이어는 이제 없는 것 같고.'

토벌대가 오는 데 한 5분 정도는 걸릴 거 같고.

'저 검은색 카우카우는 처음 보는 건데?'

자신에게 어마어마한 적의를 내뿜고 있는 것이 느껴졌다. 확실히 일반 몬스터는 아니었다.

음머어어-!

카우카우 무리가 달려들었다. 일반 카우카우와는 다르게 이빨도 날카로웠다. 마치 육식동물처럼.

제타가 광역기를 내뿜었다.

"리미트리스 라이트닝 슬래쉬."

검은색 번개가 뿌려짐과 동시에 수많은 카우카우들이 유명을 달리했다. 그와 동시에 이어지는 사냥 완료 알림음들.

-블랙 카우카우를 사냥하였습니다.

-32,000골드를 획득하였습니다.

아주 잠깐 긴장했던 한주혁은 한시름 놓았다.

"뭐야? 보기만 세 보이지, 별거 아니잖아."

별거 아니긴 한데,

'오!'

블루 스톤 두 개가 떨어져 있었다.

'대박이다!'

일반 카우카우보다 블루 스톤 드랍율이 두 배 이상 높은 것이 틀림없었다. 블랙 카우카우 무리를 사냥하면서 블루 스톤을 무려 8개나 획득했다.

-레벨이 올랐습니다.

블루 스톤 꾸러미를 얻지 못한 것은 가슴 아프지만 오늘 레벨업을 두 번이나 했고 블루 스톤도 11개나 획득했다. 5천만 원이 넘는 거금이다.

그런데 그때, 새로운 알림이 들려왔다.

-주의하십시오.

-레벨이 지나치게 낮습니다.

-보스 몬스터는 일반 몬스터와는 차원이 다를 정도의 강력함을 자랑합니다. 파티를 이루어 공격하십시오.

보스몹 알림이었다.

'응?'

또 다른 보스 몬스터가 생성되었다. 연속해서 나타난 보스 몬스터.

―블랙 카우카우킹이 출몰합니다.

아마 일반 플레이어였다면 피 토하고 기절했을지도 모를 일이다. 블랙 카우카우만 하더라도 힘든데, 거기에 더해 블랙 카우카우킹이라니. 레벨 제한 45짜리 사냥터에 말이다. 하지만 한주혁에겐 달랐다.

'더 강한 놈!'

막타만 제타한테 넘겨주자. 그러면 되잖아. 한 방에 안 죽으면 되지! 그런데 그때, 제타가 말했다.

"거대한 힘을 가진 이들이 다가오고 있습니다."

아무래도 소식을 들은 고레벨 플레이어들이 달려오고 있는 모양이었다. 한주혁과 제타는 뛰기 시작했다.

약 파는 것도 잊지 않았다.

"지금은 내가 힘이 없어 이런 수모를 당하지만, 조만간 대륙에 스카이데블의 영광을 재현하리라."

어쩌면 레벨 70대 이상의 초고렙 플레이어들이 올지도 모른다. 한두 명이면 모를까, 수십 명쯤 되면 한주혁 자신이라고 해도 답 없다. 그래서 미리 자리를 피하는 거다.

몬스터 사냥 시, 혹은 PVP시에는 워프를 할 수가 없다. 몬스터 혹은 플레이어를 공격하거나 공격받은 뒤로 최소 30초가 지나야만 워프가 가능하다.

'전혀 보지 못한 새로운 몬스터가 나타났어.'

이건 우연일까?

'일반 플레이어들이라면 몰살당했을지도 몰라.'

검은색 카우카우. 이들이 나타난 건 우연이 아닐 거다. 행운 −99의 어그로 효과인지도 모른다. 운이 너무 나빠서 강력한 몬스터를 불러들인다고나 할까.

'이건…… 좋은 거야, 나쁜 거야?'

지금 시점에서는 좋은 게 맞다. 카우카우킹은 한 방이었는데, 블랙 카우카우킹은 한 방이 아닐 확률이 매우 높았으니까. 드랍율도 좋다. 좋은 아이템을 떨굴 확률도 매우 높다.

물론 막타는 다른 사람이 먹여야겠지만.

올림푸스 매니아는 한국 최대의 아이템 거래 사이트임과 동시에 올림푸스의 정보를 교류하는 가장 커다란 커뮤니케이션 사이트이기도 했다.

　－대박. 이번에 블랙 카우카우킹이란 몬스터 뜬 거 봤음?

　－응? 블랙 카우카우킹?

　－어둠의 광야에서 새로 뜬 몬스터임.

-카우카우를 혼자서 쓸어버린 풀카오가 그거 잡다가 도망쳤다고 함.

블랙 카우카우킹이라는 보스 몬스터가 떴고, 마침 풀카오를 잡기 위해 파견된 상위급 플레이어들 수십 명이 그 블랙 카우카우킹을 잡았단다.

-블루 스톤 꾸러미가 3개 드랍됐다네?
-헐, 미친? 그러면 블루 스톤이 60개임?
-근데 그 꾸러미 하나에 30개씩 들어 있었다는데?
-대박. 미친 거 아님?

한주혁은 배가 아파 죽을 것 같았다.
"이건 분명 내 빌어먹을 행운 때문에 나타난 놈인데."
블루 스톤이 30개 들어 있는 꾸러미가 3개. 그럼 90개다. 하나에 500만 원 짜리니까 가치로 따지면 무려 4억 5천이다. 눈앞에서 4억 5천을 다른 놈들에게 빼앗긴 거다.
"으으……. 4억 5천……!"
풀카오만 아니었어도 그놈은 내가 잡는 건데. 그거 내가 먹었으면 아파트를 살 수도 있는 돈이다. 너무 배가 아파 침대를 데굴데굴 굴렀다.
"후. 생각하지 말자."

너무 급하게 갈 거 없다. 처음 목표. 잘 먹고 잘살자는 이제 가능할 것처럼 보인다. 그래도 역시 배가 아프다.

"내가 원래 힘만 되찾아도……!"

하다못해 파천심공만 사용할 수 있어도 레벨 60대까지는 무리 없이 상대할 수 있을 것 같은데. 빌어먹을 페널티 때문에 죽겠다.

'이렇게 된 이상. 폭풍 레벨업이다!'

억울하면 누구에게도 쫓기지 않을 정도로 강해지면 된다. 누가 쫓아와도 도망가지 않아도 될 정도로 강해지면 더 이상 눈치를 보지 않아도 될 터. 그는 다시 올림푸스에 접속했다.

한세아. 그러니까 루나와 또 비밀리에 만났다.

"루나. 이거 환전하고 식품 좀 사다 줘."

블루 스톤 11개. 약 5,500만 골드에 해당하는 돈이다.

"또 식품 조달해야 돼?"

"응. 부탁할게."

5,500만 골드를 번 건 알겠는데, 수입보다 지출이 더 크다는 게 문제다.

"오빠. 근데 매번 이렇게 800인분 식량을 준비해야 돼?"

1인당 5천 골드만 잡아도 한 끼에 무려 400만 골드다. 이렇게 하루 세 끼를 먹으면 1,200만 골드. 하루에 식대로만 1,200만 골드가 사라진다.

3일치 식량을 구비하기로 했으니까 정작 수중에 남는 돈은 겨우 1,400만 골드다. 이걸 환전하면 수수료니 세금이니 떼고 나서 1,000만 원 정도가 남는 거다.

1,000만 원. 물론 큰돈이지만 4억 5천과 비교하면 매우 초라한 돈이다.

'생일선물 해주는 데는 지장 없겠네.'

1,000만 골드가 남았다. 이걸로는 아무것도 못 한다. 좀 더 획기적인 무언가가 있지 않으면 잘 먹고 잘살 수가 없다.

'아니. 솔직히 잘 먹고 잘사는 건 문제가 없어.'

지금 돈을 벌면 그 돈은 전부 스카이데블의 주민들을 살리는 데 들어간다. 한 사냥터에 오래 머물 수 없는 페널티 때문에 큰돈을 벌지는 못하고 있다. 그래도 지금 추세면 한 달에 300만 원 정도 저축하는 건 무리 없어 보인다. 먹고사는 데에는 지장이 없다는 소리다.

근데 욕심이 자꾸 생긴다. 노후를 위해 집도 한 채 사고 싶다. 차도 한 대 사고 싶다.

'아파트를 위해서······!'

더 나아가 건물주도 되고 싶다. 조물주 위에 건물주라고 하지 않는가! 그러려면 얼른 이 인생퀘스트를 클리어해야만 하리라.

그래서 그는 폭풍 레벨업을 하기로 했다.

한주혁은 씨익 웃었다.

—레벨이 올랐습니다.

벌써 레벨 29다. 보통 중소연합을 기준으로 하면 레벨 40대까지는 나이와 레벨이 거의 비례하는 경향을 보인다.

물론 아닌 경우들도 존재한다. 히든 클래스, 특출한 천재들. 그들은 약간 다르다. 그러나 절대다수의 평범한 사람들은 레벨 29까지 키우는데 보통 29년 정도가 걸린다.

그런데 한주혁은 불과 3주 만에 레벨을 29까지 올렸다.

파티원도 없이 혼자서 몬스터들을 싹쓸이해서 그렇다. 게다가 그가 잡는 몬스터들은 보통 40레벨 이상. 7~8명이 파티를 이루어서 하루에 5, 6마리 잡는 것이 고작인 중소연합 플레이어들과는 레벨업 속도가 차원이 달랐다.(그들은 체력이 부족해서 더 많이 잡지 못한다. 그에 반해 한주혁은 몬스터만 있다면 6마리 잡는 데 6초도 안 걸린다.)

"행운이 개이득이네."

행운이 쓰레기인 것이 도움이 됐다. 자꾸만 강력한 몬스터가 몰려들었다. 불운의 플레이어를 죽이려고 작정한 것처럼. —99의 행운이 강력한 어그로를 끌었다. 그래서 레벨이 훨씬 더 빨리 올랐다.

룩소가 걱정스럽게 말했다.

"주군. 옥체가 상하실까 저어되옵니다."

"내 비록 육체에 많은 금제가 걸려 있기는 하지만, 이 정도로 지치거나 약한 모습을 보일 수는 없는 법."

아파트를 위해서. 외제 차를 위해서. 건물주를 위해서. 그 말은 곧,

"내 너희들에게 세상의 아름다움을 보여주고 싶다. 이 세상이 스카이데블 앞에 무릎을 꿇을 날을 재현하기 위하여. 나는 한시도 쉴 수가 없다. 불철주야 앞만 보고 달려야 한다. 그러니 걱정 말고 나를 보필해라."

라는 말로 둔갑되었고 장로들은 심히 감동하여 머리를 바닥에 찧었다.

"충! 이 한 몸 바스러지도록 주군을 보필하겠습니다!"

그러던 어느 날. 대륙 전역에 동시 다발성 퀘스트가 발생했다.

하루에 최소 한 번 이상 올림푸스 매니아에 접속하던 한주혁이 퀘스트와 관련한 글을 유심히 살폈다.

'이거…… 심상치 않은데?'

SSS등급 퀘스트가 생길 때마다 세상은 큰 변화를 겪었다. 아무래도 그 변화가 시작된 모양이었다.

8장
한주혁 VS 루펜달

　전 세계적으로 퀘스트가 떴다. 사람마다 혹은 신전마다, 혹은 NPC마다 세부 내용은 약간씩 달랐지만 기본적인 골격은 똑같았다.

　-7개의 성좌에 도전하라!

　7개의 성좌. 대륙에 조금씩 나타나고 있는 악의 무리를 박멸하고 대륙의 평화를 지키자는, 어느 게임에나 있을 법한 메인 시나리오. 7명이 힘을 합쳐야만 최종적으로 나타나는 '절대악'에 저항할 수 있단다. 절대악은 지금 대륙 어딘가에 숨어 힘을 키우고 있다나 뭐라나.

　한주혁은 마우스 스크롤을 내렸다.

'아. 이거 왠지 불안한데.'

7개의 성좌는 곧 7개의 히든 클래스를 의미할 확률이 높았다. '절대악'이라는 무언가와 싸우기 위한 히든 클래스.

−7개의 히든 클래스가 풀린다나 봐.
−헐. 7개나?
−근데 우리들은 솔직히 가망 없지.

한국 서버의 평범한 플레이어들은 대부분이 포기했다.

−야. 그래도 게임하면 한국 아니냐? 1개 정도는 한국인이 할 수 있을 거 같은데.
−그것도 옛날이지. 지금은 대연합이 다 해 먹잖아. 개천에서 용 나오던 시대는 이미 끝났어.

개천에서는 용 안 나온다. 개천에는 미꾸라지만 있다. 개천에서 용 나오던 시대는 이미 지나갔고, 금수저가 금수저를 낳는 세상이 됐다.

−전부 다 똑같이 교육받고 똑같이 레벨 20 된 다음에 똑같이 회사 생활하는 우리가 뭘 하겠냐?
−그런 패배자적인 마인드가 있으니까 아무것도 못하는 거지.

노오력을 해라. 노오력!

한주혁은 댓글들과 퀘스트 내용들을 빠짐없이 다 읽었다.

'결론은…… 악의 무리를 처단하라는 거네?'

오랜만에 발생한 메인 퀘스트다. 전 세계 어디에서나, 어느 대륙에서나 거의 동일한 퀘스트가 떨어졌다. 전 세계인이 동시에 참여할 수 있다.

'지금은 7개의 히든 클래스를 차지하기 위한 보이지 않는 전쟁이 벌어지겠네.'

그 7개의 히든 클래스가 뭔지는 모른다. 다만 그 히든 클래스를 얻으면 상상을 초월하는 강함을 얻게 될 거다. 히든 클래스란 그런 거니까. 더더군다나 메인 스토리와 관련된 히든 클래스라면 말이다.

'근데 여기서 말하는 절대악이 왠지 나 같은데.'

자신의 퀘스트와 관련이 있어 보인다. 이거 이러다가 전 세계인을 적으로 돌리게 생겼다.

'근데 다시 생각해 보면…….'

만약 메인 스토리가 말하는 '절대악'이 자신이 맞다면 무려 7개의 히든 클래스가 힘을 합쳐야만 자신을 이길 수 있다는 소리 아니겠는가.

'아직 확실한 건 아냐.'

그래. 나 같은 일개 소시민 플레이어를 절대악으로 만들지는 않겠지. 내 꿈은 소박해. 아파트 한 채, 자동차 하나, 돈 걱정 없이 잘 먹고 잘사는 거! 그거 하나면 된다고.

7개의 히든 클래스가 연합에서 잡아야 하는 무시무시한 절대악 같은 거엔 취미 없다.

"아니. 근데 이건 뭐냐?"

좀 황당한 내용도 보였다.

－어둠의 광야 변화한 거 봤음?

－ㅇㅇ. 어둠의 광야에서 블랙 몬스터들 출몰한다던데.

－갑자기 사냥터 난이도가 확 높아졌다고 함.

어둠의 광야. 그가 갔던 곳이다.

'블랙 몬스터?'

블랙 몬스터. 뭔지 알 거 같다. 그거 상대했던 검은색 카우카우가 그랬다. 원래는 나타나지 않는 몬스터인데 불운의 아이콘 '아서'가 난입하자 블랙 몬스터가 생성됐었다.

－근데 문제는 난이도만 높아지고 보상은 똑같다함.

－헐. 개쓰레기 됐네.

－세기만 세졌지 경험치도 돈도 똑같음. 우리 연합장님도 이거 때문에 개빡침. 우리 연합 매출 50퍼센트가 여기서 나오는데 망할지도 모르겠음.

그래. 우연이겠지. 이제 그 사냥터가 변화하고 있는 걸 거야. 메인 시나리오 퀘스트도 진행되고 있는 과정인데. 사냥터 하나쯤 변하는 게 뭐 대수라고.

그런데,

─아만티움 던전이 변했음. 이제 학생들 좆 됨.
─리얼 좆 됐음. 레벨 19들로는 어림도 없음. 이제 20 넘어가는 스텝업 포인트 얻으려면 피똥 쌀 듯.

이라는 게시글을 발견했다. 아. 저건 또 뭐냐. 한주혁은 마우스를 움직였다.

그때, 동생인 한세아가 들어왔다.

"오빠. 나 지금 아만티움 던전 지원 갔다 왔는데."

"네가? 갑자기 왜? 거긴 대연합 애들이 교관으로 있잖아."

"아, 글쎄. 거기서 시꺼먼 해골병사들이 나타난 거야. 나도 죽을 뻔했어."

"……응?"

"그 왜. 거기서 원래 제일 강한 놈이 붉은색 해골병사잖아. 근데 이제 검은색 해골병사가 추가된 거야. 가끔 활을 쏘는 애들도 있는데, 학생들은 한 방 버티기도 힘들어."

한세아는 고개를 절레절레 저었다.

"이제부터 학생들은 큰일 났지. 20으로 스텝업할 수 있는 던전의 난이도가 갑자기 확 높아졌으니까. 그나마 손쉽게 스텝업 하는 곳이었는데."

"……."

음. 우연이 아닌 것 같다. 한주혁은 생각에 잠겼다. 이것도 불운 −99가 이끌고 오는 불행의 일종인 것 같았다.

"아참. 그거 알아?"

"뭐?"

"자이언트 베어 사냥터 있잖아."

물론 알고 있다. 아만티움 던전으로 가던 길. 한주혁이 자이언트 베어 몇 마리를 사냥했었다.

"거기서도 블랙 자이언트 베어가 나타났대."

"……."

……이쯤 되면 우연이 아니라는 걸 안다.

"올림푸스에 큰 변화가 있을 건가 봐. 7개의 성좌도 그렇고."

"……너도 7개의 성좌에 도전할 거야?"

"글쎄. 나 같은 소시민들이 무슨 힘이 있어서 그거 하겠어. 랭커들이나 도전하지 않을까? 시간적으로 자유로운 미국이나 유럽 같은 곳 애들이나 하겠지."

올림푸스 내에서 변화가 시작됐다.

'이거 가만히 있으면 좋 된다.'

아무래도 7개의 성좌가 최종적으로 노릴 '절대악'은 자신과 스카이데블이 될 확률이 매우 높았다. 평범하게 소시민적으로, 적당히 잘살고 싶었는데. 아무래도 망한 거 같다.

'미친 듯이 강해져야 돼.'

최악의 경우. 7명의 히든 플레이어가 자신을 노리고 달려들 거다. 확실하진 않지만 일단 그렇게 생각하고 대비하는 게 편했다.

'스탯만 올릴 수 있어도.'

레벨 역보정을 피하기 위해, 또 더 강한 사냥터로 진입하기 위해 열심히 레벨을 올리고는 있는데 딱히 의미가 없다. 현재는 스탯을 올릴 수 없기 때문이다.

몇 번인가 시도는 해봤다. 그때마다,

–스탯 상승을 위하여 특수한 조건이 필요합니다.

라는 알림음이 들려왔다.

"오빠. 오빠는 근데 7개의 성좌에 도전 안 할 거지?"

"나야 당연히 못 하지. 나한테 그런 퀘스트 줄 NPC도 없어."

사실 뜨끔했다. 그 7개의 성좌가 노리는 게 나 같은데. 그 말은 하지 않았다. 이건 자신만 알고 있기로 했다. 동생을 못 믿는 건 아닌데, 그래도 이게 알려졌다가는 큰일 날 것 같았으니까.

한주혁은 불안한 마음을 갖고 올림푸스에 접속했다.

생각해 보니 할 게 좀 많다.

'일단 40이 목표.'

레벨 40이 되면 두 가지 특전이 있다. 하나는 스승새끼가 남긴 유적 퀘스트를 진행할 수 있는 거고, 또 하나는 파천심공을 운용할 수 있다는 거다.

'40이 되기 전에 장로들 인정받으면 좋긴 한데.'

우호적이지 못한 5명 중 1명이 벌써 이쪽 편으로 돌아섰다. 단순히 음식을 해결해 주는 것만으로 말이다.

'식을 해결해 줘서 한 명이 우호적으로 변했으니. 다른 것들도 해결해 주면 되는 건가?'

그런데 약간의 문제가 생겼다. 퀘스트창을 활성화 시켜서 건물을 올릴 수 있는지 봤더니,

−건물(단독 주택)을 세우려면 300,000,000골드가 필요합니다.

라는 개 같은 문구가 있었다. 그것만 있는 게 아니다.

−마당을 꾸미려면 40,000,000골드가 필요합니다.
−수영장을 지으려면 20,000,000골드가 필요합니다.(마당 옵션 필수.)

이 외에도 많았다. 가로수, 도로, 기타 등등.

'시발.'

지금도 800명 먹여 살리느라 등골이 휠 것 같은데. 이거 다 해주고 장로들의 인정을 받은 뒤 스카이데블을 부흥시키려면 몸이 열 개여도 부족할 거 같은 느낌이다.

'안 되겠어.'

이럴 때는 노가다다. 미친 듯이 노가다 뛰고, 미친 듯이 돈을 벌고, 미친 듯이 레벨업을 해서 미래를 대비해야 했다.

"이번에는 나 혼자 원정을 다녀오겠다."

7개의 성좌 퀘스트까지 발생한 가운데, NPC들 데리고 활개 쳐 봐야 좋을 게 없다. 괜히 에르페스 제국을 자극할 수도 있다. 차라리 혼자서 빨리 레벨 30대로 올리고 더 상위 사냥터로 후딱 넘어가 버리는 게 좋겠다는 판단이 들었다.

룩소가 말렸다.

"위험합니다, 주군!"

"너희들의 충정을 잘 알고 있다. 하나, 내 정보원에 의하면 에르페스 제국에서 너희들의 움직임을 파악했다. 우리는 지금 조심을 해야 할 때다."

내 소중한 호구들이 다치면 안 되지. 지금은 한 걸음 뒤로 물러서서 상황을 지켜봐야 할 때라는 판단이 들었다.

그리고 밖으로 나섰다.

"죽어!"

이 스트레스. 평타 주먹에 모두 담아 날리리라.

주먹 한 방,

－블랙 자이언트 베어를 사냥하였습니다.

주먹 두 방,

－블랙 자이언트 베어를 사냥하였습니다.

아이템 따위는 당연히 드랍되지 않았다. 자이언트 베어는 원래 20~30대 레벨 플레이어가 7명 이상 팀을 이루어 몇 시간씩 잡는 몬스터. 그러한 몬스터를 혼자서 때려잡으니 경험치는 순식간에 차올랐다.

현재 그는 '미개척지 발견 보상'으로 스텝업 포인트를 2개 가지고 있다. 아끼고 아껴서 50레벨 이후에나 사용하려고 했는데 미래의 일은 미래에 생각하기로 했다.

'30업 경험치까지 쌓은 다음, 바로 스텝업으로 이어가자.'

지금 일단 강해지는 게 우선이라고 생각했으니까. 몇 마리만 더 잡으면 레벨업 지점까지 경험치를 채울 수 있을 것 같았다.

레벨 29에 이르도록 평타만 주구장창 사용하자 스킬까지 생성 됐다.

–스킬. '평범하지 않은 강력한 주먹'이 생성됩니다.

강력한 주먹 따윈 필요 없다. 차라리 약한 주먹을 달라. 막 타라도 펫이 치게. 그러면 아이템이 드랍될 줄 누가 알겠는가.

내게 약한 주먹을 달라! 그렇게 제우스에게 외치고 싶었다. 그래도 일단 스킬이 생성되었으니 확인할 필요는 있었다.

'스킬창.'

〈평범하지 않은 강력한 주먹〉

평범하지 않은 주먹에는 시전자의 강렬한 의지와 염원이 담겨져 있습니다. 그 강렬한 의지와 염원을 담은 주먹입니다. 평범하지 않은 주먹은 상대에게 평범하지 않은 데미지를 입힐 수 있습니다.

공격력 감소: 0~100%

단, '평범하지 않은 강력한 주먹'은 평상 맨손 공격 사용시에만 활성화시킬 수 있습니다.

따지고 보면 쓰레기도 이런 쓰레기 스킬이 없었다. 평범하지 않은 강력한 주먹. 공격력 증가가 아닌 감소가 0~100%까지 조절이 됐다. 이게 원래 스킬이 이따위인 건지, 아니면 행운 -99 때문에 이딴 스킬이 생긴 건지. 그건 알 수 없었다.

하지만 한주혁은 만세를 불렀다.

'됐다!'

됐다. 이거다! 이 쓰레기 같은 스킬이면 강력한 의지와 염원을 담아 몬스터를 안 죽일 수 있다.

'펫 같은 거 한 마리 사서 막타를 먹이면……!'

그러면 아이템이 드랍될 수도 있다. 어쨌든 막타만 치면 되니까! 누구나가 욕할 법한 스킬이건만 한주혁은 기뻐했다.

'세아한테 부탁해서 공격형 펫 한 마리만 사달라고 해야겠어.'

바로 로그아웃을 하려고 했는데, 약간의 문제가 발생했다.

"드디어 찾았다. 네가 확실하구나."

"……누구?"

풀카오였다. 착용하고 있는 장비들을 보아하니 꽤 고레벨 플레이어 같은데. 풀카오가 날 왜 찾지?

"너 때문에 내가 아주 곤혹스러운 상황에 처해서 말이야. 당최 내 말을 안 들어 처먹어. 대연합새끼들은."

"그러니까 넌 누군데?"

"진짜 모르냐? 인간적으로 양심도 없냐?"

풀카오는 화가 난 듯했다. 아니, 어떻게 저렇게 뻔뻔할 수 있느냐 말이다. 자신을 사칭해서 아카데미를 습격해 놓고서는.

한주혁이 대답했다.

"진짜 모르는데."

"네가 사칭하고 다닌 루펜달이다, 이 허접새끼야!"

루펜달이 씨익 웃었다. 그는 자신감에 가득 차 있었다.

"대연합 새끼들한테 넘겨야 되니까 목숨은 붙여놓을게."

레벨 50과 49는 완전히 다르다. 스텝업 구간을 통과했으니까. 재능이 없는 사람들은 50레벨로 도약조차 하지 못한다.

"어차피 금방 무릎 꿇고 살려 달라 빌긴 하겠지만……. 내 이름을 팔고 다닌 것에 대한 벌은 받아야 할 거야. 알겠냐?"

레벨 50대. 그것도 PVP 전문 풀카오가 모습을 드러냈다.

한주혁은 기뻤다.

'오. 루펜달!'

레벨 40대 중소연합 과장, 부장급은 한 방. 레벨 40대 아카데미 교관급이 한 방이다.

물론 아카데미 교관급. 그러니까 대연합 부장급에 약간의 페널티는 줘야 한다. 보통 아카데미에 파견 나온 교관들은 부장 중에서도 가장 연차가 떨어지는 이들이다. 제대로 된 대연합 부장급이라고 보기에는 힘들다는 소리다.

또한 아카데미 교관들은 학생들에게 위화감을 끼치지 않기 위하여 평범한 아이템을 착용한다. 그래서 한주혁과의 PVP에서 페널티를 가지긴 했었다. 어쨌거나 부장은 부장.

'게네도 한 방.'

그렇다면 레벨 50대 PVP 전문 플레이어는? 49에서 스텝업을 했으니 차이는 많이 날 거다.

'PVP 전문 플레이어답게 아이템도 풀세팅했을 거고.'

어느 정도의 힘일까. 한주혁의 현재 레벨은 29. 루펜달의 레벨이 50대라는 것을 감안하면 레벨차이는 적게는 20 정도, 많게는 30까지.

'이제야 진짜 PVP다운 PVP를 하겠네.'

크게 긴장은 되지 않았다. 아무리 스텝업을 거쳤다 할지라도, 그는 스탯 99의 힘을 가지고 있다. 60대 플레이어 정도면 위협이 될지도 모르지만 50대 플레이어는 크게 위협이 되지 않을 거란 판단이 섰다.

지금 그가 하려는 건, 50대 플레이어와의 싸움에서 어느 정도의 우위를 점할 수 있냐는 거다. 그걸 토대로 50대 이상의 몬스터가 서식하는 사냥터를 선정해야 했으니까.

루펜달이 말했다.

"쫄았나?"

"응. 내 레벨 이제 20대 후반이라고. 50대 PVP 전문 플레이어가 쫓아왔는데 안 쫄게 배기겠어?"

"그냥 형 말 듣고 가자."

"50대면 형이라고 하기에 나이가 좀 너무 많지 않아?"

루펜달이 발끈했다.

"내 나이 35다."

"와. 35에 레벨을 50대까지 올린 거야? 천재네."

"근데 이 새끼가 왜 자꾸 반말이야? 뒤질래?"

"이미 죽이러 왔잖아."

루펜달은 한숨을 내쉬었다. 말장난은 여기까지 하기로 했다.

"순순히 항복하면 죽이진 않으마. 대연합 측에서 널 원하고 있거든."

"나를?"

"아카데미에서 분탕질을 쳤다며. 내가 아니더라도 넌 언젠가 그놈들한테 척살당해. 그냥 차라리 지금 잡혀가서 잘못했다, 정말 잘못했다. 대연합분들 다시는 안 건드리겠단 사죄하면 척살까진 안 갈 거다."

한주혁은 고개를 끄덕였다. 하기야. 이곳은 대연합 공화국 아닌가. 좀 더 과장해서 말하면 신성공화국이라고까지 불리는 한국이다. 저 날고기는 PVP전문 플레이어라 할지라도 대연합 앞에서는 날파리인 듯했다.

"그냥 한판 뜨면 안 될까?"

"이 새끼가 돌았나."

좋게 좋게 말로 하려고 했더니. 같은 풀카오라서 사정 좀 봐주려고 했더니 아무래도 안 되겠다. 어차피 루펜달 그도 싸울 생각으로 왔다. 대연합이 떡하니 버티고 있는 아카데미에서 분탕질을 쳤다고 해서 얼마나 배짱 좋은 놈인가 했더니, 배짱 좋은 게 아니라 그냥 개념이 없는 미친놈이었다.

루펜달은 속으로 생각했다.

'제발 한 방에 죽지 마라.'

죽이는 걸 동영상 촬영하는 것도 나쁘지 않지만 그것만으로는 의미가 별로 없다. 살려서 대연합 놈들에게 데려가야 더 의미가 있을 거다.

그래. 무슨 수를 썼는지는 모르겠지만 대연합 부장을 죽인 놈이다. 한 방에 죽지는 않겠지.

"데스 네일."

한주혁의 몸에 세 갈래 손톱자국이 새겨졌다.

'아. 이게 데스네일이구나.'

원거리라면 원거리고, 근거리라면 근거리인 공격마법이다. 손톱자국이 새겨지며 가슴팍에 상처를 내는데, 거리가 가까우면 가까울수록 큰 힘을 발휘한다. 공격 범위는 약 5미터 정도.

'어디 보자.'

H/P에 변화가 있었다. 큰 변화는 아니었다. 퍼센트로 치면 약 3퍼센트 정도가 떨어진 것 같다.

'확실히 50대는 40대랑 다르긴 하네.'

그럼 이제 본격적으로 한번 놀아보실까. 너에게는 데스 네일이 있지만 나에게는 평타가 있다. 한주혁이 주먹을 뻗었다. 완전 평타는 아니었다.

스킬을 활성화시켰다.

'평범하지 않은 강력한 주먹!'

액티브 스킬.

'공격력 감소율 90프로.'

액티브 스킬을 사용한 만큼, 한주혁의 주먹이 반짝 하고 빛났다. 화려한 이펙트나 효과음은 없었지만 스킬을 사용했다는 것 정도는 알 수 있었다. 그걸 본 루펜달은 씨익 웃었다.

'역시.'

대기업 부장을 한 방에 죽였다길래 그게 뭔가 했더니.

'특수한 주먹 스킬을 익히고 있었네.'

멍청한 대연합 놈들이 그걸 제대로 파악하지 못했던 것 같다.

'아무리 나라도 그놈들을 한 방에는 못 죽여.'

그런데 한 방에 죽였단다. 아이템까지 부수는 기염을 토하면서. 그게 무엇을 뜻하겠는가.

'상당히 딜레이가 길고 리스크가 큰 기술이겠지.'

가끔 저런 기술이 있다. 겉으로는 별거 아닌 거 같지만, 실제로는 위력이 아주 큰 기술. 그러나 위력이 크면 클수록 쿨타임은 길어지고 그만큼 활용도는 떨어진다.

'이미 알아낸 이상. 두려울 것 따윈 없다.'

그는 PVP전문이고 PVP시 상대를 정확하게 파악하여 약점을 공략하는 풀카오다.

'아마 저런 비정상적인 힘을 얻기 위해 비정상적인 육성을 했겠지.'

분명히 그럴 거다. 이를테면 저 스킬 하나만 익히고 있다던가.

'블링크.'

루펜달은 한주혁의 주먹을 가볍게 피했다. 아니, 피하려고 했다.

'음. 타이밍이 조금 늦었나 보군.'

한주혁의 주먹은 그렇게까지 약한 주먹은 아니었다. 루펜 달은 어깨를 으쓱했다.

–스킬. '레피디아의 방어벽'이 깨졌습니다.

블링크로 피한다고 피했는데 놈의 주먹이 생각보다 훨씬 빨랐다. 스쳐 맞아서 그렇지 정통으로 맞았으면 피해가 좀 더 있을 뻔했다. 방어 스킬 한 개가 깨져 버렸다.

한주혁은 복싱하듯 주먹을 들어 올렸다.

"아쉽다. 제대로 꽂힐 수 있었는데."

이래서야 능력치 비교(더 정확히 말하자면 90프로 데미지를 감소시킨 능력치)가 어렵지 않은가. 그리고 깨달았다.

'조금은 더 세게 쳐도 되겠네.'

처음에는 혹시 몰라 90퍼센트까지 줄였다. 액티브 스킬 '평 범하지 않은 주먹'의 데미지 감소를 50퍼센트까지 줄였다. 그 러니까 이제 평타의 절반 위력이라는 소리다.

루펜달은 한주혁이 말을 하는 틈을 놓치지 않았다. 그의 시

선에서 한주혁은 철저한 약자다. 물론 커다란 한 방을 가지고
는 있으나, 그게 끝이다. 그것만 조심하면 된다. 그리고 그 큰
한 방은 지금 사용했다.

'지금 이 시점에서 저렇게 쓸데없는 말을 하는 이유는!'

바로…….

'시간을 벌기 위함이지.'

병신새끼. 넌 이제 끝이다. 그는 그렇게 생각했다. 만약 또
다른 비장의 무기가 있었다면 지금쯤 스킬트리를 짜올리고 다
음 공격을 준비하고 있었겠지. 그런데 저놈은 아니었다. 허접
한 복싱 자세를 취하고 있지 않은가. 이제 접근하면 가볍게 제
압할 수 있을 것이다. 그는 그렇게 확신했다.

'블링크.'

블링크를 사용해서 거리를 좁혔다. 그와 동시에 퍽! 한 대
얻어맞았다.

"미, 미친 새끼……."

―스킬. '레피디아의 방어벽'이 깨졌습니다.

―스킬. '가이아의 수호'가 깨졌습니다.

―스킬. '루마니오니옥의 방패'가 깨졌습니다.

―스킬. '페로독트 펜드럼'이 깨졌습니다.

―스킬. '중첩 쉴드'가 깨졌습니다.

―스킬. '가락샤스의 보호'가 깨졌습니다.

−아이템 특수 옵션 (1) '푸렉서스 프로텍터'가 발동합니다.

−아이템 특수 옵션 (2) '액시던트 블링크'가 발동합니다.

알림음이 엄청나게 많이 들려왔다. 루펜달은 몸 상태를 점검했다. 사실 그는 공격계 마법이 별로 없다.

데스 네일. 하트 어택. 검은 악령.

이 세 개가 그가 운용하는 마법의 전부다. 대신 그는 방어 마법을 극성으로 익히고 있다. PVP시 그는 6개의 방어 스킬로 몸을 보호하고 있으며, 아이템으로 비상사태를 대비하고 있다.

'특수 옵션 (1) 푸렉서스 프로텍터'는 보호마법을 깨뜨리고 들어온 데미지가 상당히 클 때, 그 데미지를 완화시켜주는 역할을 한다.

'특수 옵션 (2) 액시던트 블링크'는 푸렉서스 프로텍터가 발동했을 때, 50m 바깥으로 자동 블링크를 해주는 안전 옵션이다.

루펜달의 등에서 식은땀이 흘러내렸다.

'저 영악한 새끼!'

저 새끼. 한 방을 가진 게 아니었다. 두 방이었다.

'처음 한 방은 날 꾀어내기 위한 속셈.'

그랬다. 저 풀카오. 생각보다 훨씬 영민하고 훨씬 노련한 PVP 플레이어다. 액티브 스킬이 두 개 정도는 있었던 모양이다. 첫 번째 주먹도 나름 강력하긴 했지만 그건 미끼. 이번이 진짜 스킬이었다.

물론 아니다. 평범하지 않은 주먹의 데미지 감소를 조금 조절했을 뿐.

루펜달에게 성과가 없었던 건 아니었다.

저 괴상한 풀카오놈이 인상을 찡그리는 게 보였다. 뜻대로 일이 안 풀린 모양이다. 드디어 루펜달이 씨익 웃었다. 이번에야말로 놈을 잡을 수 있을 거라 생각했다.

'이번에야말로 진짜 끝이다.'

원래대로라면 다시금 온몸에 방어마법을 두를 때까지 시간을 벌어야 했다. 하지만 지금은 아니었다. 지금이 아니면 기회가 없을 거란 확신이 섰다.

이번에야말로, 정타를 먹여주리라.

'죽지는 마라!'

대연합 놈들에게 갖다 바쳐야 하니까.

한주혁은 인상을 찡그렸다.

'블링크 때문에 성가시네.'

확실히. 루펜달은 PVP전문 플레이어다웠다. 자신의 스킬 쿨타임을 정확하게 계산하여 거리를 좁혔다가 늘렸다가를 자유자재로 하고 있다.

'심안만 사용할 수 있어도.'

레벨 55에 사용할 수 있는 고급 기술인 심안. 그걸 사용하면 저 블링크가 어디로 향하는지. 마력의 흐름으로 알아차릴수 있을 거다. 뿐만 아니라 놈이 어떤 기술을 사용할 건지. 그위력은 어떻게 되는지. 그 범위와 효과는 무엇인지. 그 모든것을 보는 순간 인식할 수 있을 거다. 심안은 그만큼 효과가뛰어난 스킬이니까.

이런 경우에는 스킬의 유무가 정말 중요한 듯했다. 특히나테크닉과 컨트롤이 뛰어난 플레이어와 PVP를 하는 경우, 스킬이 매우 중요했다. 하지만 지금 그가 믿을 수 있는 건 오로지 몸뚱이뿐.

'뭐. 심안이 없다고 해도 문제될 건 없지만.'

순간순간, 루펜달의 데스네일과 악령이 그를 괴롭히긴 했지만 H/P가 눈에 띄게 감소하는 건 아니었다. 그저 좀 귀찮은 정도.

그는 결론을 내렸다.

'방어 전문답게 방어력은 세고. 공격력은 약하고.'

그러나 잡기 힘든 정도는 아니고. 그가 내린 루펜달에 대한결론은 그랬다. 물론, 루펜달의 방어마법이 전부 다 깨졌다는걸 알았다면 좀 더 박하게 평가를 했겠지만.

'또 오네?'

루펜달이 또다시 거리를 좁혔다. 아까와는 달리, 현재 루펜달의 몸에는 단 하나의 보호마법도 걸려 있지 않은 상태.

"이번에야말로 끝이다!"

뭐가 또 이번에야말로 끝이라는 건지. 이해할 수가 없다. 도대체 저 머릿속으로 뭘 계산하고 판단하고 있는 건지 모르겠다.

'저놈한테 필살기가 하나 있었던 거 같은데.'

스킬 이름이 하트 어택이었나. 모양새를 보아하니 아무래도 그걸 사용할 생각인 것 같다.

그렇다면 이쪽에도 비장의 무기가 있다.

'평타!'

평범하지 않은 주먹으로 때렸을 때, 데미지가 떨어지지 않았다. 절반의 힘이었을 때 그랬다. 이번에는 진짜 평타다. 다시 말해 한주혁의 공격력은 아까의 격돌보다 2배 강해졌고, 루펜달의 방어력은 몇 배로 감소했다.

퍽!

한주혁의 평타가 루펜달의 배에 닿았다.

루펜달의 필살기. '하트 어택'도 한주혁의 가슴에 닿았다.

9장
공용마법을 익히다

　PVP는 단순히 레벨과 아이템만으로 결정되는 게 아니다. 같은 능력치와 같은 스킬을 가지고 있어도 각 상황에 어떤 판단을 내리느냐, 어떻게 행동하느냐, 어떤 스킬을 하느냐에 따라 그 결과는 완전히 달라지게 된다. 컨디션에 따라 승패가 많이 갈리기도 한다.

　PVP에 있어서 절대적인 법칙은 없으며 서로의 상성에 따라, 서로의 약점을 잘 공략하는 쪽이 이긴다.

　그런 의미에서 루펜달은 상대를 완전히 잘못 파악했다. 검은 잿더미가 된 그는 아무 말도 하지 못했다.

　"……."

　두 방이 끝이 아니었다. 아니, 끝인 정도가 아니라 오히려 더 강했다. 황당한 건 상대의 반응이었다.

"뭐야, 진짜 죽은 거야? 아니면 죽은 척하는 스킬이야?"

"……."

한주혁은 황당했다. 아니, 아까까지는 그렇게 잘 버텨놓고선 어떻게 한 방에 죽냔 말이다.

'아.'

이제 좀 알겠다.

"설마 아까 그 공격에 방어마법이 전부 깨진 거야?"

그렇게 설명하면 아귀가 들어맞지 않는가.

"아니. 방어마법이 깨졌는데 왜 덤벼들었어? 더 센 줄 알았잖아. 아, 이 사기꾼 새끼."

짜증이 치밀어 올랐다. 좀 더 객관적으로 자신의 힘을 파악해 보려고 했는데. 그게 물 건너갔다. 아니, 생각해 보니 짜증낼 이유가 없다. 세세한 수치까지는 몰라도 하나는 확실히 알았다.

'뭐야. 레벨 50대까지는 평타로도 그냥 죽네.'

아무래도 59에서 또 스텝업을 거치고 60 정도는 되어야 그나마 싸울 만할 거 같다. 49의 스텝업은 전혀 문제가 되지 않는다는 소리다.

그리고 노아이템에 레벨 역보정까지 받아서, 놈의 공격 스킬을 몸으로 받아내면 H/P가 약 8퍼센트 정도 떨어진다.

"하트 어택인지 뭔지. 피가 10퍼도 안 다는구만. 이름이 뭐이리 거창해?"

만약 한주혁 자신이 허접한 아이템 몇 개라도 착용하고 있었으면 데미지가 훨씬 덜 들어왔을 거다. 이 하트 어택이 놈의 필살기일 것이 틀림없는데, 필살기래 봤자 너무 약했다.

그래. 공격력 약한 건 이해할 수 있다. 루펜달은 방어마법을 극한으로 익힌 PVP 마법사니까.

"진짜 이해가 안 되네. 방어마법 깨졌는데 왜 달려들어? 진짜 바보 아냐?"

잿더미가 된 루펜달은 욕하고 싶었지만 할 수 없었다.

'무슨 괴물 같은 놈이 탄생한 거냐?'

특수한 공격 스킬을 가지고 있다고 판단했었는데 완전히 오판이었던 것 같다. 어떻게 치면 칠수록 더 강력해지는 공격을 한단 말인가.

"……너는 특수 클래스의 무투가냐?"

그래. 히든 클래스라면 납득이 된다. 히든 클래스는 일반적인 플레이어와는 차원이 다른 강함을 자랑하니까. 특수 클래스의 무투가라면 이 상황이 설명이 된다.

'방어 계열의 마법사라고?'

개뿔. 좆 까라 그래!

루펜달은 잘못된 정보 때문에 자신이 죽었다고 생각했다. 사실 한주혁 본인은 자신이 루펜달이라고 말한 적도 없고, 방어 계열 마법사라고 얘기한 적도 없지만 말이다.

"아니. 무슨 풀카오가 아이템도 안 떨궈?"

"......."

루펜달에게 알림이 들려왔다.

—로그아웃까지 10초 남았습니다.

서둘러 확인했다. 어? 정말로 아이템이 드랍되지 않았다. 제발 제일 싼 거 떨어져라. 하고 기원하고 있었는데. 그런데 아무것도 드랍되지 않았다. 어째서?

'왜지?'

한주혁이 인상을 찡그렸다.

"씨바. 왜 아무것도 안 떨궈?"

풀카오는 아이템 드랍 확률이 100퍼센트인데.

"에이씨. 어쩔 수 없지."

한주혁은 걸음을 옮겼다. 50대까지도 문제없다는 걸 알았으니 이제 상위 사냥터를 맘껏 활보해도 될 것 같다.

약간의 시간이 흐른 뒤. 루펜달은 이상한 알림을 들었다. 강제 로그아웃 알림이 아니었다.

한주혁이 자리를 떠난 뒤.

"흐흐흐. 아주 좋은 재료야."

공간이 일렁거렸다. 검은색 기운이 새어 나왔다. 풀카오의 마기와 비슷했다. 그 공간에서 로브를 뒤집어쓴 누군가가 모습을 드러냈다.

"이런 최상급의 시체를 얻을 수 있다니."

기뻤다.

"아까 그놈도 얻을 수 있으면 좋을 것 같은데. 뭐. 얘로 만족해야지."

아까 풀카오끼리 싸우는 걸 봤다. 사실 아까 더 강했던 풀카오가 더 탐스러웠지만 지금은 어쩔 수 없었다. 이 플레이어부터 시작하기로 했다.

그는 스킬을 사용했다.

"영혼의 속박."

루펜달은 황당했다. 자신은 분명히 죽었는데 갑자기 되살아났다.

-스킬. 영혼의 속박에 구속당합니다.

-특별한 금제가 주어집니다.

-특별한 금제를 풀지 못하면 영원히 귀속됩니다.

루펜달은 고개를 갸웃했다.

"자. 그러면 팔굽혀펴기를 10개 해본다. 실시!"

"뭔 미친 소리야?"

로브를 뒤집어쓰고 있어서 얼굴이 보이지 않았다. 근데 좀 미친놈 같다.

－'영혼의 속박'이 작용합니다.
－'영혼의 속박' 시전자의 명령에 불응 시, 끔찍한 고통에 시달리게 됩니다.

문제는 마냥 미친놈은 아니라는 것. 루펜달은 비명을 질렀다.
"크아아아악!"
결국 그는 팔굽혀펴기를 할 수밖에 없었다. 정체를 알 수 없는 그 누군가가 흐흐흐, 하고 웃었다.
"말을 잘 들어야 아프지 않을 거야. 암. 그렇고말고."
팔굽혀펴기를 하던 루펜달은 다른 의미의 비명을 질렀다.
"씨팔!!"
팔굽혀펴기를 하는데 착용하고 있던 아이템들이 전부 부서졌다. 드랍된 게 아니라 부서져 버렸다. 뭐 이런 좆같은 경우가 다 있단 말인가.
아마도 그 이상한 기술을 쓰던 놈이 아이템 브레이커 같은 기술을 사용한 것 같았다.
'죽여 버릴 거야.'
지금 영혼의 속박이고 뭐고. 그딴 건 알 바 아니었다.
'그 새끼…… 내가 어떤 수를 써서라도 잡아 족친다……!'

황금보다 더 귀중한 아이템이 전부 박살 났다.

사실 그가 먼저 오해했고, 누가 시킨 것도 아닌데 먼저 한주혁에게 달려가 PVP를 걸었던 건데 그런 사실은 이미 잊어버렸다.

중요한 건 그 새끼가 자신의 아이템을 부숴 버렸다는 것. 그거 하나였다.

다만, 변수가 있다면 현재 자신의 상태.

'사령술에 걸린 거 같네.'

보아하니 영혼의 속박이라는 괴상한 스킬을 사용한 이놈은 '사령사'에 가까운 히든 클래스를 가진 모양인데. 잘 구슬리면 원하는 대로 움직여 줄 것 같기도 하다. 모르긴 몰라도 나이대도 굉장히 어린 것 같고.

살살 달래서 같이 그놈을 치기로 작정했다. 원래 그는 강한 자에게 약하고 약한 자에게 강하다. 잔머리도 잘 쓴다. 그가 50대의 PVP 풀카오인데, 그 어느 연합에게도 척살령이 떨어지지 않은 걸 보면 그의 처세술이 보통이 아니라는 것을 의미하는 것이기도 했다.

"주인님, 아까 그놈 시체를 원한다고 했죠?"

한주혁이 말했다.

"그래. 햄버거 시켜라."

"진짜 두 개 사주는 거?"

"어. 두 개 먹어."

"세 개 시켜서 남겨도 돼?"

"마음대로 해."

지금 스카이데블의 주민들을 먹여 살리느라 허리가 휘고는 있다만, 그래도 햄버거 3개, 아니, 수십 개 정도 사는 건 일도 아니다.

"근데 갑자기 나한테 왜 이렇게 잘해줘? 원래 하나만 시키라고 구박하잖아."

"부탁 좀 들어줘."

"뭔데?"

"공격형 펫이 좀 필요해."

한세아는 오빠가 무슨 말을 하는지 알아들었다.

"오빠가 막타 치면 아이템 드랍이 안 돼서 그런 거지?"

"어."

"근데 그래 봤자 소용없지 않아? 지금 성장형 펫 산다고 쳐도……. 오빠는 고렙존 돌아다닐 거 아냐. 지금 펫 사서 키워 봤자 고렙 존에서 데미지 1도 안 들어갈 텐데……."

한주혁은 고개를 끄덕였다. 그것도 맞는 말이다. 펫을 구입을 하긴 할 건데, 지금 당장 어떻게 할 수 있는 방법은 없다.

한세아는 한주혁의 반응을 보고 깨달았다. 아. 지금 이 말은 그냥 밑밥 깐 거구나. 진짜 얘기는 따로 있구나.

"오빠. 솔직히 할 말 따로 있지?"

"……"

일단 햄버거부터 먹고 얘기하기로 했다. 세 개의 햄버거를 주면, 동생의 마음이 아주 너그러워지니까.

"야. 지금부터 내가 하는 말은 농담 아니고 진짜니까, 잘 생각해 봐."

"뭐야. 왜 갑자기 분위기 잡아, 무섭게?"

"하여튼 들어봐."

한주혁은 자신의 상황에 대해서 대략적으로 설명을 해줬다. 행운이 지나치게 쓰레기라 풀카오를 잡아도 아이템 드랍이 안 된다.

"근데 이제는 그 강한 NPC들 활용도 좀 자제해야 한다고?"

엄청 강한 NPC들이 있는데 아직 좀 숨겨둬야 한단다. 제국에 걸리면 안 된다나 뭐라나.

다행히 한세아는 이러한 사실과 '절대악'을 연관시켜 생각하지는 못했다. 어차피 7개의 성좌라든가, 절대악이라든가. 그런 건 평범한 자신과는 너무나 거리가 먼 거라고 생각하고 있었으니까. 아예 염두에 두지 않았다.

"오빠. 무슨 막 범죄에 연루되고 그런 건 아니지?"

"그런 건 아냐. 올림푸스 내에서야 범죄를 일으키고 있기는 한 모양인데……"

그건 상관없다. 현실과 매우 밀접한 관련이 있다고는 하지만, 어쨌거나 올림푸스는 게임이니까.

"그래서 말인데, 세아야. 너 나랑 창업할 생각 없냐?"

"캑! 캑!"

한세아는 햄버거를 먹다가 캑캑거렸다. 콜라를 마시고 나서야 좀 괜찮아졌다.

"오빠. 진심이야? 요즘 같은 시대에 누가 창업을 해?"

"네가 생각하는 그런 창업 아냐."

한국에서 창업은 그다지 추천받지 못한다. 조금이라도 좋은 정보, 좋은 퀘스트, 좋은 콘텐츠를 가지고 있으면 대연합에게 전부 빼앗겨버리고 만다.

막대한 인력과 자본 등을 바탕으로 깔아뭉개 버리고, 이득만 쏙 빼간다.

"가뜩이나 블랙몹들 등장하면서 연합들 사정 안 좋아졌는데 무슨 창업을 한다고 그래? 오빠 스텝업 퀘스트 받을 수 있는 경로는 알아?"

하지만 한세아는 이미 알고 있었다. 오빠가 아무런 생각도 없이 자신에게 이런 제안을 하지는 않았을 거다. 오빠의 능력도 이미 대충은 알고 있다. 그렇다고 해서 한주혁의 말을 그냥 따를 수는 없었다.

"나 조금 있으면 승진한다고."

어린 나이지만 제법 능력을 인정받았다. 저번에는 아카데미에 지원도 나갔다 왔고. 곧 대리로 승진한단다. 굉장히 빠른 승진이었다.

"알아. 다 아는데 제안하는 거야."

"어떻게 할 생각인데? 오빠 상황은 알겠으니까. 이제 그 창업에 관한 얘기나 좀 들어보자."

그렇게 일주일이 흘렀다.

한주혁은 모든 스탯이 99다. 어쩐 이유인지 99를 초과해서 올리지는 못하고 있다. 방법만 안다면 보너스 스탯들을 투자하여 훨씬 더 강력해질 수 있는데. 그건 한주혁도 못내 아쉽다.

"그냥 원펀맨 하기에는 몸뚱이가 너무 아깝잖아."

"몰라. 난 진짜. 오빠 믿고 사표 낸 거니까. 진짜 책임져야 돼. 나도 도박하는 거야."

"알아. 고마워."

그도 괜히 동생을 끌어들이고 싶지는 않았다만, 지금으로서는 그가 가장 믿을 수 있는 사람이 동생 아니겠는가.

레프니아 산맥 깊숙한 곳. 그곳에서 은밀한 거래가 이루어졌다.

"내가 말한 것들은 구해왔어?"

"응. 진짜 이것들이면 돼? 초급마법들은 효과가 약하잖아. 게다가 전직하면 사용도 못 하고."

"너 그런 얘기 들어봤지?"

"뭔 얘기?"

한주혁이 어깨를 으쓱했다. 아무렇지도 않게 말했다.

"소드 마스터가 들면 풀도 명검이 되는 법이래."

"……응?"

"마찬가지로 스탯 쩌는 놈이 치면 평타도 필살기가 되는 거고."

"……."

한세아가 물었다.

"근데 오빠. 설마 아직도 전직 안 한 거야?"

초급마법서는 구하기 쉽다. 그냥 마법 상점 NPC한테 가서 살 수 있다. 누구나 마음만 먹으면 익힐 수 있다. 단, 전제조건이 있다. 전직을 하지 않은 상태여야만 한다. 전직을 하지 않은 상태일 때에, 초급마법서를 통한 마법을 익힐 수 있다. 또한 마법사가 아닌 다른 클래스로 전직하게 되면 사라진다.

"내 스펙이 원펀맨만 하기에는 아깝잖아. 그렇지?"

이제 한세아도 한주혁의 스펙을 안다. 믿을 수 없지만 행운을 제외하고는 99다.

한주혁이 치면 평타도 필살기가 된다.

그럼 초급마법은? 그 초급마법을 쓰는 플레이어의 지능이

99라면?

한주혁이 씨익 웃었다.

"한씨 집안 한번 일으켜 보자고."

그때까지만 해도, 한세아는 오빠가 무슨 계획을 그리고 있는지 정확하게 알지 못했다.

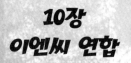

10장
이엔씨 연합

중소연합이라고 하기에는 크고, 중견연합이라고 하기에는
규모가 작은 연합이다. 제법 탄탄한 기반을 가지고 있으며 소
속 플레이어도 300명 정도 된다. 이 중에서도 CEO급은 레벨
50대. 그 수는 총 네 명이다. 사실상 이 네 명이 이엔씨 연합
을 이끌어간다고 보면 됐다.

네 명이 회의를 가졌다.

"저번에 우리 연합 애들이 많이 죽었잖습니까?"

"어둠의 광야에서 그랬지."

빌어먹을 풀카오 놈이 나타났단다.

"그 풀카오 놈이 좀 웃깁니다. 먼저 건드리지 않으면 안 죽
인다나 뭐라나."

"그래서 지침 내려났잖아. 풀카오에 아무런 아이템도 들고

있지 않은 놈 만나면 그냥 내버려 두라고. 활동 지역은 레벨 20에서 50 정도 되는 사냥터 같은데."

요즘 그 풀카오에 대한 소문이 알음알음 퍼지고 있다. 물론 올림푸스의 세계가 워낙에 방대하고 넓어서 그 풀카오가 유명 인사가 되었다고 하기는 좀 힘들긴 하지만. 이엔씨처럼 많은 수의 연합원이 죽은 곳에서는 신경을 좀 쓴다.

"그런데 그놈이 루펜달이 아닌 것 같습니다."

"그래?"

이엔씨 연합의 이사. 정욱현이 말했다.

"이 동영상을 보십시오."

그곳에는 루펜달이라 짐작되는 풀카오와 그 이름 모를 풀카오가 싸우고 있는 게 보였다.

영상을 보면서, 그들은 분석할 수 있었다.

"저기서 루펜달이 잘못 생각했군."

루펜달이 너무 쉽게 패배했다.

"이 영상을 토대로 살펴보면 근접 격투가가 틀림없습니다. 그것도 상당히 고레벨의."

"굉장히 젊어 보이는데?"

"히든 클래스를 얻었으리라 짐작됩니다. 어린 나이에 그 힘을 주체하지 못하고 날뛰는 모양이지요."

정욱현이 씨익 웃었다.

"제가 스텝업 퀘스트를 하나 따왔습니다."

"오. 그게 정말인가?"

스텝업 퀘스트. 연합이 무소불위의 힘을 휘두를 수 있도록 해주는 퀘스트 아니겠는가. 보통 스텝업 퀘스트는 제국의 고위 귀족들로부터 나온다.

"내용은?"

"람타디안이라는 놈을 잡아야 합니다."

그들은 정 이사의 말을 이해할 수 없었다. 람타디안이 누구란 말인가. 그리고 예전에 연합에게 큰 피해를 입힌 놈과 무슨 상관이란 말인가.

"아무래도 귀족들이 람타디안을 그 풀카오로 생각하고 있는 듯합니다. 여기 람타디안의 초상화입니다."

"응?"

플레이어들은 고개를 갸웃했다.

"그 풀카오가…… 얼굴이 제대로 안 보이기는 하지만 그래도 생김새가 좀 많이 다른데?"

"저도 그렇게 생각은 합니다만. 제가 스샷(스크린샷)을 대조하며 확실히 맞냐고 확인하자, 확실히 맞다고 합니다."

"얼굴이 너무 다른데."

"뭔가 다른 노림수가 있을 수도 있지 않겠습니까?"

뭐. 이러나저러나 상관없다. 스텝업 포인트만 받을 수 있다면 뭐가 문제겠는가.

"연합원들은 모집하면 되겠군요. 혹시 시간제한이 있는 퀘스트입니까?"

"시간제한은 없습니다. 그러나 빠르면 빠를수록 더 큰 보상이 주어질 것 같습니다. 그 풀카오 놈을 잡는데 30명 정도면 충분하지 않을까요?"

그 풀카오는 적어도 레벨 60대로 예측된다. 그러면 50대 레벨 플레이어 서너 명은 있어야 한다. 더 좋기는 60대 레벨 플레이어도 있으면 좋고. 70대 레벨 플레이어가 있으면 좋겠다만 그들이 이런 시시콜콜한 일에 소집될 리가 없지 않은가.

"그래도 혼자 다니는 놈이니 저희가 뭉치면 못 잡을 것도 없죠."

"말단 애들 총알받이로 내세워서 체력 깎고 그다음에 잡으면 될 것 같네요."

그들이 생각하기에 그들의 계획은 완벽했다. 어차피 연합원들이야 소모품이다. 월급 150만 원짜리 허접한 인생들. 그냥 월급만 잘 챙겨주면 군말하지 않는 개돼지들. 죽으면 위로금 10만 원씩 던져주면 아마 좋아라 할 거다.

"30명 정도로 체력 빼놓고 싸우면 괜찮겠죠. 우리 연합원들은 애사심이 투철하니 열심히 달려들 겁니다."

"공을 가장 많이 세운 플레이어한테 인센티브를 300만 원 정도 책정하죠. 스텝업 포인트도 얻을 수 있는 기회겠다, 연합원들도 좋아할 겁니다."

영문은 알 수 없지만 귀족 NPC 하나가 그 풀카오를 '람타디안'으로 지목했다. 시스템은 그렇게 적용하고 있다는 거다. 그 풀카오를 죽이면 아마 '람타디안의 증표' 같은 퀘스트 아이 템이 드랍될 것이다. 그걸 가져가면,

"인센을 겨우 300만 쳐줘도 될까요? 다 목숨 걸고 하는 건데."

게임에서의 목숨이지만, 그래도 죽을 때의 고통은 상당히 크게 느껴진다. 그래서 다들 죽고 싶어 하지 않는다.

"젊을 때 고생은 사서도 하는 거죠."

아프니까 청춘이고 젊으면 젊은 만큼 힘들어도 된다. 그게 이들의 생각이었다. 청춘들이 듣는다면 '아프면 환자지 이 새 끼들아'라고 말하겠지만.

"맞습니다. 300만 정도면 충분하죠."

"놈에게 걸린 현상금이 7억 골드니까. 우리 한 사람당 1억 이상은 떨어지겠네요. 연합장님이 2억 가지시고, 연합원 하 나한테 300만 골드 정도 주고. 나머지는 분배하면 될 거 같습 니다."

그들의 회의가 마무리됐다. 젊은 애들은 고생을 사서도 한 다라는, 결론 아닌 결론을 남기면서.

이엔씨 연합장은 생각했다.

'그래. 300만 쳐줘도 되지, 뭐.'

죽든 말든 알게 뭐란 말인가. 나만 돈 잘 벌면 되지.

한세아. 게임 이름으로 루나는 입을 쩍 벌렸다.

"세상에……. 진짜로 전직을 안 했을 줄이야."

"그렇다니까?"

전직을 하지 않았다면, 대부분이 레벨 20 이하다. 보통의 경우 레벨 20~25 사이에 전직을 한다. 전직을 해서 1차 클래스를 가지고 보다 명확한 미래를 그려 나간다. 그래 봤자 그 종류가 몇몇으로 정해져 있긴 하지만.

"오빠 능력치에 누가 전직을 안 했을 거라고 상상이나 하겠어?"

전직을 하지 않았을 때, 공통적으로 익힐 수 있는 마법들이 몇 개 있다.

보조마법으로 라이트.

공격마법으로 파이어 볼.

회복마법으로 초급 힐.

버프마법으로 데미지 업, 디펜스 업.

5개의 마법이다. 물론, 이 마법들은 초급마법이며 '마법사' 클래스를 가진 이들이 사용하는 것보다 훨씬 효율이 떨어진다. 기본적으로 데미지나 효과가 많이 약하다.

그래서 실험을 해봤다.

루나는 물약 먹을 준비를 끝마쳤다. 까딱 잘못해서 죽는 상황이 벌어지지 않도록. 아이템을 전부 해제한 그녀의 H/P는 어느덧 주황색으로 변했다. H/P가 1/3 이하로 떨어지면 주황색이 된다.

그때, 한주혁이 스킬명을 말했다.

"초급 힐."

루나는 그때까지만 해도, 해봐야 얼마나 차겠어.

"오빠. 그래도 초급 힐인데. 나 이제 물약 마셔야 될 거 같은……."

진짜 힐도 아니고, 공용마법 힐인데 그래 봤자지. 그렇게 생각했는데,

"……응?"

그런데 이게 웬걸.

"너 풀피됐네."

"……내 눈으로 봤지만 못 믿겠어."

공용 힐의 쿨타임은 1분이다. 다시 사용하려면 1분이 걸린다. 그러나 그런 페널티를 생각하더라도, 힐의 양이 너무 엄청났다. 초급 힐인데.

또 다른 실험도 해봤다.

"데미지 업. 디펜스 업."

그녀가 속했던 연합이 즐겨 잡았던 자이언트 베어를 혼자서 사냥할 수 있었다. 파티를 이루지 않고서. 혼자 잡는 데 겨우 3분 걸렸다. 원래대로라면 2시간은 걸려야 하는데.

"오빠. 이건 미친 거 같아."

"그렇지?"

"진짜 미쳤어. 대박이야."

한주혁이 어깨를 으쓱했다. 그래. 스탯이 만땅인데 겨우 주먹질만 할 수는 없지 않은가. 마법도 좀 익히고. 힐도 좀 하고 그래야지. 레벨 40이 되어야 전직할 수 있을 거 같은데.

"어. 풀카오다!"

"잡자!"

그래서 파이어볼을 써줬다.

―스킬. 파이어볼을 사용합니다.

불덩이가 넘실넘실 날아갔다. 공용마법인 만큼, 이펙트도 별거 없었다. 그냥 조그마한 불덩이가 날아갔다.

"와. 지금 저 풀카오 새끼가 먼저 친 거지?"

"야. 형만 믿어라. 매직 브레이크 쓰면 좆밥이지."

마법을 무효화시킬 수 있는 스킬이다. 레벨이 높으면 높을수록 마법에 대한 내성과 방어력이 높아진다. 그래서 파이어볼을 향해 검을 휘둘렀는데, 그와 동시에 잿더미로 변했다.

"씨팔. 이게 뭐냐?"

그리고 이어진 평타.

"나도 몰라."

둘이서 팀을 짜고 자이언트 베어를 잡으려 했던 플레이어 둘은 영문도 모르고 죽었다. 공용마법 파이어볼에 얻어맞았는데, 정신을 차려보니 죽어 있었다. 또 주먹에 맞은 거 같은데 죽어 있었다. 황당했다. 뭔 일이 일어난 건지. 알 수도 없었다.

한주혁이 씨익 웃었다.

"이제야 좀 오빠를 믿겠냐?"

"어. 완전 믿어."

그녀는 믿기지 않는다는 듯, 블루 스톤을 들어 올렸다. 방금 자이언트 베어를 잡았더니 블루 스톤이 드랍됐다.

"내가 지금 500만 원을 번 거야. 내 힘. 아니, 우리 힘으로."

이거 연합에 갖다 바치면 인센티브로 한 10만 원 떨어질 거다. 애초에 '사냥권'을 연합들이 나누어 가지고 있는 거고. 사냥터에서 나온 블루 스톤의 귀속권은 연합에게 있었으니까. 연합원들이 아무리 열심히 해봐야, 어차피 배를 불리는 건 연합장들과 임원들이다.

그러나 한주혁과 한세아는 아니다. 그 둘은 연합의 신분이 아니다. 연합을 이루려면 최소 3명이 필요하다. 최소 3명부터 파티로 인정되며, 연합을 꾸릴 수 있다. 다시 말해 2명씩은 그 어디를 돌아다니고 무엇을 사냥해도 상관없다는 소리다.

"사냥권도 필요 없지. 우리 둘이 사냥 다니면."

루나에게 버프를 걸어주고. 그러면 루나가 몬스터를 잡고.

그러면 루나가 아이템을 획득하고. 그러다가 루나가 너무 위험하다 싶으면 도와주면 되고.

플레이어 하나가 달려들었다.

"이 개새끼! 네가 우리 연합원들을 죽였겠다!"

아무래도 아까 죽인 플레이어의 동료인 듯했다. 어쩐지. 숫자가 좀 적다 했다.

'평범하지 않은 강력한 주먹.'

스킬 이펙트가 번쩍였다. 그가 주먹을 뻗었다. 이제 어느 정도 힘을 컨트롤할 수 있게 됐다. 순식간에 플레이어 하나의 피가 빨피(H/P가 10퍼센트 이하가 되었을 때 나타나는 빨간색 H/P바)가 됐다.

"막타는 네가."

한주혁의 버프를 받은 한세아가 스킬을 사용했다.

"라이트닝 볼트!"

그리하여 아이템이 드랍 됐다. 잿더미가 울분을 토했다.

"오빠. 근데 이건 강도짓 아냐?"

"먼저 치지는 말자."

먼저 안 치고 싶은데, 풀카오라 하면 일단 달려들고 본다. 아예 초고렙존이면 서로 조심할 텐데. 아무래도 아이템이 없어서 허접처럼 보이니까 더 달려드는 것 같다. 그렇다고 지금 아이템을 세팅할 수도 없지 않은가. 애초에 그는 좋은 아이템을 차기에는 레벨이 너무 낮다. 스텝업 포인트를 통해 겨우 30

이 됐을 뿐.

"먼저 오면 받아줘야지."

"레벨 45까지는 어둠의 광야에서 레벨업 할 거야."

"스텝업 포인트는?"

"나한테 하나 있어."

레벨 40이 되면 파천심공을 사용할 수 있다. 그걸 사용할
수 있으면 능력치가 비약적으로 발전할 거다. 그때부터는 좀
더 본격적으로 움직여도 될 터.

"일단 움직이자."

어둠의 광야. 한세아는 신났다.

"라이트닝 볼트!"

어그로는 한주혁이 알아서 다 끌어주고, 자신은 뒤에서 공
격만 하면 됐다. 어둠의 광야에 나타나는 '블랙 카우카우'. 놈
들은 아주 좋은 사냥감이었다.

"여기 인기가 예전 같지 않네."

블랙 몬스터가 나타나면서 사냥터로서의 인기가 많이 사그
라들었다. 그래서 PVP도 많이 하지 않았다.

한주혁과 한세아는 나름대로의 철칙을 세웠다. 먼저 치지
않으면 이쪽도 안 친다. 그런데 열이면 열, 백이면 백 먼저 쳤

다. 이쪽의 숫자가 적으니까. 또 약해 보이니까 일단 덤벼들고 봤다.

"오빠. 벌써 블루 스톤을 18개나 모았어."

이거 팔면 9,000만 원이다. 수익은 8:2로 나누기로 했다. 한주혁이 8, 한세아가 2다. 예전 중소연합을 다닐 때와는 차원이 다른 수익이다. 오늘 하루 만에 약 2,000만 원을 번 거니까.

"이러다 나 햄버거집을 아예 사는 거 아냐?"

오빠가 창업을 제안할 때. 사실 이게 창업인지는 잘 모르겠지만 머뭇거린 게 후회될 지경이었다.

"한곳에서 오래 못 있어. 너무 오래 있으면 제국 기사놈들이 달려올지도 모르거든."

기사들뿐만 아니라 복수를 하겠다고 달려드는 플레이어들도 거슬린다. 바로 지금처럼.

"쟤 또 왔네."

또 왔다. 한세아가 물었다.

"누구야?"

"몰라. 전에 나한테 죽었다나 봐. 지가 50대 레벨이라나 뭐라나."

"헉! 50대 플레이어?"

"응. 허접이야. 이번엔 팀원들을 잔뜩 끌고 왔네."

약 30명 정도의 플레이어들이 진을 짜고 다가오는 게 느껴졌다.

"오빠. 지금 파티 짜고 오는데⋯⋯? 오빠 레이드하러 온 거 같아."

팀을 짜면 1+1=2의 공식이 깨진다. 1+1=3의 효과가 나타나는 게 바로 파티. 그런데 무려 30명이 파티를 이루고 오고 있다.

복수를 하겠다는 남자가 말했다.

"저놈이 람타디안이다."

한주혁은 자신의 귀를 의심했다. 람타디안? 저건 또 뭔 소리야.

"고레벨 근접 전투 클래스다. 작전은 잊지 않도록."

그들은 확신했다. 비록 레벨이 높은 놈이지만 그래도 잡으려면 얼마든지 잡을 수 있다. 그래서 팀이 중요한 거고 파티가 중요한 거다. 게다가 놈의 클래스까지 확실히 알고 있지 않은가. 근접 전투 무투가를 상대할 수 있는 방법들을 생각해 왔다.

플레이어들이 한주혁을 포위했다.

"인센티브 300만이 걸렸다. 잡아!"

한세아의 얼굴이 하얗게 질렸다. 어쩐지. 오늘 일진이 너무 좋다 했다. 이건 아무래도 아닌 것 같다. 오빠가 아무리 강해도. 50대 플레이어가 포함된 플레이어 30명 무리를 어떻게 이기겠는가.

이미 PVP가 시작되었다고 인식되어, 워프도 할 수 없고 로그아웃도 할 수 없다. 한세아는 울고 싶었다. 2천만 원 벌었다고 좋아했는데, 24시간 강제 로그아웃하게 생겼다. 24시간이면 또 2천만 원을 벌 수 있는 시간인데!

'아씨. 망했다.'

그때 한주혁이 말했다.

"먼저 안 치면 안 죽인다! 분명히 말했다."

"개소리!"

다들 그게 개소리인 줄 알았다. 이미 자신들은 저 풀카오를 상대할 작전을 완벽히 세워왔다.

"거리만 벌리면 돼. 지금이다! 속박 걸어!"

원딜 위주로 구성해 왔다. 거리를 벌리면서 상대하면 얼마든지 상대할 수 있을 터.

그래서 한주혁이 사용했다.

"파이어볼."

레벨 30의, 전직도 안한 플레이어의 공용마법이 날아들었다.

"어차피 공용마법이다. 매직 브레이크 익힌 탱커들이 막는다!"

이래서 파티가 중요하고 팀원이 중요하다. 매직 브레이크 하나면 약하지만 그 하나가 두 개가 되고, 두 개가 세 개가 되면 그 효과가 훨씬 더 높아진다.

"스킬 중첩. 매직 브레이크."

"스킬 중첩. 매직 브레이크."

"스킬 중첩. 매직 브레이크."

플레이어들은 자신만만했다. 무려 세 명의 탱커가 동시에 매직 브레이크를 사용했다. 한 명은 20대. 한 명은 30대. 또 한 명은 40대다. 아무리 고레벨이라지만 진짜 마법사도 아니고 근접 무투가가 사용한 공용마법을 못 막아낼 리 없다.

저까짓 공용마법. 그냥 막아내면 그만.

"놈이 발악하지 못하도록 확실히 속박해! 원딜. 준비 다 됐나?"

원딜들도 스킬트리를 짜올렸다. 14명의 원거리 딜러가 각자 딜을 넣으면서 스킬콤보를 통해 상대를 끝없이 속박할 수 있도록 했다. 14명이 시간 차를 두고 스턴 스킬을 사용할 수 있는 스킬 콤보. 연습까지 하고 왔다. 적어도 한 명의, 노아이템 근접 무투가를 상대하는 데 이보다 좋은 방법은 없으리라.

'인센이 300만 원이다!'

움직이지 않는 한주혁을 보면서 그들은 승리를 확신했다. 그와 동시에 3명의 탱커가 중첩시킨 매직 브레이크와 한주혁의 공용마법 파이어볼이 부딪쳤다.

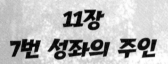

11장
7번 성좌의 주인

　레벨 20대, 30대, 40대의 탱커가 펼치는 세 개의 매직브레
이크 중첩 스킬 그리고 하나의 공용마법 스킬.

　그 두 힘이 부딪친 결과는 상상을 초월했다.

　번쩍-!

　공용마법 파이어볼의 이펙트가 번쩍였다. 역시 초급마법인
지라 이펙트는 화려하지 않았다.

　그러나 그 결과까지 화려하지 않은 건 아니었다.

　"응……?"

　잿더미가 된 플레이어는 주위를 둘러봤다.

　"나 죽었어?"

　원래 죽을 때는 정신적, 신체적 고통을 수반한다. 원래 그
게 정상이다. 사람마다 그 정도가 다르긴 하지만 어쨌든 아예

고통이 없는 경우는 아주 드물다.

"언제 죽었지?"

고통을 느끼기도 전에 완전히 사망해 버린 경우. 그때에만 고통을 못 느낀다. 옆에는 또 다른 잿더미가 있었다.

"카인 대리, 너도 죽었어?"

"모르겠어요. 죽어 있네요."

그 옆에는 또 다른 잿더미도 있었다.

"……."

그 잿더미는 말을 하지 못했다. 꽤 큰 충격을 받은 모양이었다.

"으으…… 으으……!"

괴롭게 죽었을 때, 한동안 저러고 있는다. 그 사실을 알고 있는 두 잿더미는 아파하는 잿더미에게 말을 걸지 않았다.

"그러니까 우리는 정통으로 맞았고, 쟤는 스쳐 맞았네."

"정통으로 맞아서 안 아프고, 스쳐 맞아서 아픈 모양입니다."

그들은 상황을 파악할 수 있었다. 정통으로 맞으니 고통을 느낄 새도 없이 죽어버렸다.

"근데 공용 파이어볼이 광역기였어?"

원래 공용 파이어볼은 광역기가 아니다. 한 마리의 몬스터를 상대할 때 쓰는 단일 마법이다. 간혹 운 좋게 두 마리가 한꺼번에 맞으면 데미지를 입긴 하는데, 그러면 데미지가 분산된다. 일반 광역기가 아니니까.

"아뇨. 저거 단일공격입니다. 저희 셋이서 데미지 나눠서 받은 모양인데요."

마법에 정통으로 달려들었으니 셋이서 데미지를 나눠 받은 거 같다.

"어쨌든 우리 죽은 거 맞지?"

"맞는 거 같네요. 잿더미네요."

그들은 허탈했다. 그러나 이미 죽은 몸. 어쩔 수 있으랴. 로그아웃 할 일만 남았다.

"근데 무투가라며?"

"히든 클래스 무투가라고 했습니다."

"근데 어떻게 마법으로 우릴 죽여?"

"……그러게 말입니다."

멘붕에 빠진 건 잿더미가 된 이들만이 아니었다. 이들을 통솔하고 있는 레벨 50대 이사. '진.K'는 황당해했다.

'이건 뭐지?'

뭐가 어떻게 된 거지?

'쟤넨 왜 죽었어?'

근거리 무투가가 사용한 공용마법으로 세 명의 탱커가 동시에 녹았다?

'그럼 마법사?'

혼란스러웠다. 이런 경우는 단 한 번도 경험해 보지 못했다. 무투가가 사용한 마법에 탱커 셋이 동시에 죽다니.

'아니, 마법사라면……?'

그러면 지금 이 상황도 말이 안 된다.

'속박 저항이 엄청 뛰어날 텐데?'

지능이 높은 마법사일수록 마법이나 스킬 특수효과에 대한 저항이 매우 높다. 그러면 14명의 원딜과 6명의 보조 클래스가 함께하는 속박 혹은 스턴 효과에 대한 내성도 아주 높을 거다. 그런데 제자리에 가만히 있지 않은가.

"자, 잠깐 대기한다."

생각을 해야 돼. 어떻게 상대해야 하지? 도망쳐야 하나? 아니. 우리는 그래도 30명이 넘게 있다. 연합장님도 이제 올 거고. 스텝업이 걸려 있다. 총알받이도 많이 있어. 어떻게 해야 하지?

그의 머리가 핑핑 돌기 시작했다.

한주혁은 내심 만족스러운 미소를 지었다.

"어쨌든 닿기만 하면 죽네."

"……."

이엔씨 연합원들이 황당한 것만큼, 한세아도 황당했다.

"파이어볼이 광역 효과를 내는 건 처음 봐."

"나도."

아. 저 오빠. 자기가 해놓고 진짜 태평한 거 봐. 한세아는 이걸 좋아해야 할지, 말아야 할지 갈피를 잡지 못했다. 좋긴 좋은데 너무 황당해서 마냥 기뻐할 수 없는 미묘한 느낌이었다.

"오빠. 근데 진짜 속박당한 거야?"

"응? 아니?"

지금 이엔씨 연합원들은 한주혁. 그러니까 아서가 속박을 당한 상태라고 생각하고 있다. 일정 거리를 벌리고 대치하고 있는 상태. 물론 '대치'라고 생각하는 건 이엔씨 연합만 그렇게 생각하고 있다.

한주혁의 입장에서 이건 대치하는 게 아니라 자신의 공용마법 효과에 아주 만족하며 여동생과 대화를 나누고 있을 뿐.

"그럼 지금 안 움직이는 건?"

"너랑 얘기하고 있잖아. 그리고……."

그래. 다른 이유가 있겠지.

"파이어볼 쿨타임이 아직 안 끝났어."

"……응?"

"플레이어 상대로 마법 몇 번 더 써보게."

"……아."

한세아는 깨달음을 얻었다. 이 오빠는 이제 더 이상 상식선에서 생각하면 안 될 오빠다. 30명의 플레이어가 자신들을 에워쌌을 때, 아주 잠깐이나마 절망했던 자신을 반성했다.

그렇게 속박당한(?) 한주혁은 쿨타임이 풀리고 나서, 파이어볼을 또 사용했다. 그리고 어김없이 한 명이 죽었다.

한 방에.

이엔씨 연합. 레벨 57의 이사 진.K. 그는 결정을 내렸다.

'놈은 근거리 무투가가 아니다.'

결국 마법사다. 공격에 특화된 마법사. 뭐가 어떻게 된 건지는 모르겠지만 지금 그건 틀림없었다.

연합 채팅을 통해 연합장에게도 연락을 넣었다. 플레이어를 충원해야 할 것 같다.

"긴급 지원이 필요합니다. 놈이 무투가가 아니었습니다. 마법을 막아낼 수 있는 탱커진이 필요합니다……! 적어도 레벨 30대 이상이 필요합니다. 연합장님도 빨리 오셔야 할 것 같습니다. 원딜들 스킬트리 완성되었고 지금부터 총공세에 들어갑니다."

-상황은?

"사망자 넷입니다. 다행히 놈이 속박에 걸려 있고, 쿨타임이 길어 피해가 약소하지만 빨리 끝내야 최소한의 피해로 놈을 잡을 수 있을 거 같습니다."

-알겠다. 서둘러 가겠다.

진.K.가 말했다.

"원딜. 총공격!"

원거리 딜러들이 화려한 이펙트들을 수놓으며 한주혁을 향해 총공격을 시작했다. 무려 14명이나 되는 원딜이다.

흙먼지가 피어오르고 어마어마한 효과음이 터져 나왔다. 14명이 유기적으로 돌아가며 스킬을 퍼부었다. 그 기세는, 한주혁을 지금 당장에라도 집어삼킬 것만 같았다.

한주혁이 고개를 저었다.

"먼저 안 치면 안 죽인다고 했을 텐데."

얼마나 아플까 해서 맞아봤는데, 이 만땅 스탯 몸뚱이를 뚫는 공격이 거의 없었다. 혹여 공격이 성공한다 하더라도 H/P가 1~2퍼센트 정도 떨어지는데, 그마저도 금방 회복되었다. H/P 회복 속도가 데미지 입는 속도보다 더 빨랐다.

'그렇게 치면 루펜달이 세긴 센 거였네.'

아직 60대 레벨 플레이어들은 만나보지 못했다. 50대 레벨 플레이어 중에서는 루펜달이 제일 셌다. 그래도 피가 10퍼센트 정도는 깎였으니까.

진.K는 피어오르는 흙먼지를 보면서 조금씩 자신감을 가지기 시작했다.

"좋다. 우리의 작전이 먹혀들어 가고 있다."

그래. 무투가면 어떻고 마법사면 어떠랴. 속박만 제대로 걸린 상태에서 공격만 잘 들어가면 되지. 흙먼지가 자욱이 피어올라서 앞이 제대로 보이지 않았다. 중간중간 풀카오의 그림자 같은 것이 보였다. H/P 바가 보이지 않고 있는데, 그래도 이 정도면 반피 이상 떨어졌으리라.

'운이 좋으면 주황피까지는……!'

그런데 어느 순간 풀카오의 모습이 보이지 않았다.

'죽었나?'

이렇게 안 보이는 경우라면?

'잿더미가 되었나!'

잿더미가 되어서 사라졌을 때뿐. 어차피 전투 중이라 워프나 로그아웃은 못 한다. 속박에 당해 있는 상태니 어딜 가지도 못했을 터.

"공격 중지!"

상황을 살펴야 했다.

그런데 그때, 목소리가 들려왔다.

"먼저 안 치면 안 죽인다고 했잖아."

그리고 이어지는 무자비한 평타. 그 평타를 글로 표현하자면 이렇게 될 것이다.

평타 1.

플레이어 1 사망.

평타 2.

플레이어 2 사망.

평타 3.

플레이어 3 사망.

파이어볼 1.

플레이어 4 사망.

평타 4.

플레이어 5 사망.

아주 심플하고 간략하게 표현이 가능했다. 한주혁의 무자비한 평타를 견뎌낼 수 있는 플레이어는 없었다.

아니, 있기는 있었다.

"등껍질!"

원거리 딜러 14명으로, 딜러 위주로 구성된 파티이지만 탱커 계열의 플레이어도 있었다. '등껍질'이라는 방어 스킬을 사용해서 한주혁의 평타를 막아냈다. H/P는 물론 빨피. 아이템의 특수스킬로 방어력을 단 1회 공격에 한해 300퍼센트 높여주는 획기적인 스킬 덕분에 겨우 살았다.

그는 돌아보지도 않고 도망쳤다.

'우린 못 이겨.'

무기도 없는 평타로 한 명씩 죽여 버리는 저런 괴물을 어떻게 상대한단 말인가. 하루에 한 번 쓸 수 있는 아이템 특수스킬로 겨우 살았다.

"튀, 튀어……!"

이건 튀어야 했다. 한주혁의 계속된 평타에 무려 17명의 플레이어가 목숨을 잃었다.

잿더미들이 울분을 토해냈다.

"마법사라며!"

"씨팔, 근거리 무투가야 마법사야!"

그들은 혼란스러웠다. 저놈의 클래스가 도대체 뭔지 모르겠다. 정확한 클래스를 알아야 그에 따라 전략을 세우든지 말든지 할 것 아닌가.

한주혁이 어깨를 으쓱하고서 말했다.

"나 아직 전직 안 했다."

"……."

잿더미들은 순간 아무런 말도 하지 못했다. 저 말이 사실일 리는 없지만, 순간 상대적 박탈감이 들었다.

'전직을 안 했다고?'

말도 안 되는 소리다.

'근데 왜 말이 되는 거 같지?'

그러고 보니 저놈, 쓰는 스킬을 보니까 평타랑 공용마법밖에 없다. 전부 다 전직하지 않은 상태의 플레이어가 쓰는 스킬뿐이다.

진.K가 맨 뒤에서 소리쳤다.

"제, 젠장! 도망치지 마라! 프로젝트 도중 도망치면 그 책임을 물어 감봉할 거다!"

이제 남은 플레이어는 끽해야 10명 남짓. 진.K는 패배를 직감했다. 이건 애초에 싸움이 안 되는 PVP였다. 30명이 아니라 한 300명은 필요했다.

'도망쳐야 돼.'

그러려면 사원들이 앞에 나서서 막아줘야 한다. 쟤네들이야 어차피 말단 사원들이지 않은가. 자신은 무려 이사다. 쟤네는 죽어도 되지만 자신은 죽으면 안 된다. 죽으면 24시간 접속 불가다.

'네놈들은 하루 빠져봤자 5만 원 버리는 셈이지만.'

일급이 5만 원이니까.

'나는 50만 원을 버리는 거란 말이다!'

그러니까 저놈들이 죽는 게 당연한 거 아니겠는가. 일당 5만 원짜리 인생과 일당 50만 원짜리 인생이 같을 수는 없지 않은가.

젊은 플레이어들을 앞으로 내세웠다.

"막아! 막으라고!"

거기에 희망적인 채팅도 들려왔다.

─진 이사. 30초 이내 도착할 거다. 조금만 버텨.

─지원 플레이어는 몇이나 됩니까?

─협력업체 몇 군데에 퀘스트 공유 넣었어. 지금 200명 연합이다.

진.K가 뒤로 빠지면서 미소를 지었다.

'200명!'

무려 스텝업 퀘스트다. 스텝업 퀘스트는 협력업체끼리도 어지간하면 공유하지 않는 보물 같은 퀘스트. 연합장은 상황 판단을 빠르게 하고서, 바로 공유를 한 것 같다.

'200명이면 할 만하지.'

모르긴 몰라도 저놈도 한 100명쯤 상대하고 나면 체력이 빠질 것이다. 연합장의 말은 사실이었다.

지원군이 도착했다.

"와아-!!"

그 숫자가 무려 200이나 되었다.

"인센티브를 위하여!"

한주혁은 인상을 찡그렸다. 놈들이 무서워서 그런 건 아니다. 다만,

'아……. 광역기가 있어야 돼.'

역시 광역기가 없으니 불편하다.

'빨리 40을 찍든가 해야지.'

40이 되면 전직이 가능할 거다. 스승 놈이 남겨준 유적 퀘스트도 진행할 수 있고. 전직하고 나면 얼른 스킬들도 익히고 광역기도 익히고 그래야지.

일반 플레이어들은 당연히 자신들이 이길 거라고 생각했다. 무려 200명과의 싸움이다.

"놈은 혼자다. 지금 많이 지쳤다. 몰아쳐라!"

이 정도 인원이면 작전도 필요 없다. 테크닉이고 뭐고. 물량에는 못 당한다.

"지금 몰아치면 놈을 죽이고 스텝업 포인트를 받을 수 있다!"

"죽여 버렷!"

"놈은 많이 지쳤다!"

물론 아니다. 한주혁은 전혀 지치지 않았다. 특별한 병이 있는 것이 아닌 이상, 숨 쉬는데 지치는 사람 없지 않은가. 단지 좀 귀찮을 뿐.

'빨리 끝내야지.'

그래도 역시 가장 빠른 건 평타다. 주먹을 들어 올렸다.

규모가 이 정도로 커지니 관심도 쏠렸다. 어둠의 광야를 찾은 몇몇 플레이어들은 동영상도 촬영하기 시작했다.

일반 플레이어들과 풀카오 간의 2차전이 시작됐다. 그 2차전이 치러지는 가운데, 한주혁에게 새로운 알림이 들려왔다.

이런 알림음은 이미 예상하고 있는 알림이었다.

―적을 학살하고 있는 중입니다.

―아서 님이 미쳐서 날뛰고 있는 중입니다.

전직 안 한 플레이어 아서의 무자비한 평타가 이어지는 가운데, 잿더미가 하나둘씩 늘어나기 시작했다. 아서의 평타를 막아낼 수 있는 플레이어는 단 한 명도 없었다.

이곳에 모인 플레이어 중 가장 고레벨 플레이어가 50대 플레이어다. 루펜달처럼 방어마법으로 똘똘 무장하고 있는 것이 아니라면, 50대 플레이어는 한주혁의 평타 한 방을 버텨내지 못했다.

－레벨이 올랐습니다.

평타 한 번 사용하는 데 시간이 약 1초 정도 걸렸다. 100초가 흐르자 약 100개의 잿더미가 생겼다.

－풀카오 상태가 유지됩니다.
－살인자의 표식이 더욱 진해집니다.
－대륙 전역에 알려진 Suffenus가 더욱 높아집니다.

그와 동시에 새로운 알림이 이어졌다. 이 알림은 예상치 못했던 알림이었다.

－살성의 등급이 상향조정됩니다.
－천살성의 칭호가 주어집니다.

한주혁은 평타를 휘두르다가 고개를 갸웃했다. 천살성? 처음 듣는 칭호다. 지금은 숨 쉬듯 자연스러운 평타를 휘두르고 있는 중. 칭호창을 열어보는 것 정도는 어려운 일도 아니다. 운전하면서 옆 사람과 대화를 하는 것보다 더 쉽다.

'칭호.'

〈칭호〉

1. 천살성–살성의 기운을 타고난 희대의 살인마에게 주어지는 칭호.

칭호 효과:

–PVP 시 데미지 10퍼센트 추가 적용

–PVP 시 방어력 10퍼센트 추가 적용

–PK 시 경험치 획득량 10퍼센트 추가 적용

–PK 시 Suffenus 획득량 30퍼센트 추가 적용

–영웅급 플레이어와의 PVP 시, 페널티 완화 적용

한주혁은 순간 좋아해야 할지, 말아야 할지 헷갈렸다.

'희대의 살인마는 좀 그렇잖아……?'

이름은 좀 그런데 효과는 굉장히 좋았다. PVP시에 특전이 많이 적용됐다. 아무래도 이 캐릭터. PVP 하라고 만들어놓은 캐릭터 같다.

'절대악인지 뭔지. 그것에 착실히 다가가고 있는 것 같은 느낌이 드는 건 착각이겠지……?'

어쨌든 좋았다. Suffenus가 높아지면 높아질수록 스카이데
블의 충성도는 높아지게 마련이다.

'가장 좋은 건 뭐니 뭐니 해도 마지막 효과.'

지금이야 엄청나게 유명한 카오도 아니고, 그냥저냥 레벨
20~40대 사냥터에서 조금 얼굴을 알린 풀카오다. 올림푸스 세
계는 지독하게 넓고, 또 어마어마하게 많은 플레이어와 NPC
가 있다. 한주혁은 그 수많은 플레이어 중 한 명일 뿐이다.

그러나 시간이 흘러 제대로 전직을 하고, 성장을 하기 시작
하면 얘기는 달라질 거다. 한주혁은 그렇게 판단했다. 그때에
는 이런 잔챙이들이 아니라, 영웅 칭호를 가진 초고레벨 플레
이어들과도 PVP해야 할 텐데 그때 상당히 유용할 것이 분명
한 칭호였다.

한주혁은 동생에게 귓말을 보냈다.

-너도 나 쳐.

-응?

-버프 아직 안 풀렸지?

-응. 근데 나도 오빠를 치라고?

-그래야 의심 안 받지. 그리고 혹여 우리 둘이 같이 있는
거 스샷이나 동영상 찍은 애들 있을 수 있으니까 폴리모프 스
톤도 하나 사자. 얼굴 좀 바꾸게.

-그거 3천만 골드나 하는데?

-안전을 위해서.

일이 조금 커졌다. 잿더미들의 숫자가 이미 100을 넘었다. 구경꾼들도 제법 있다. 구경꾼들을 죽이는 건 일이 아니지만, 이미 찍은 스크린샷과 동영상들까지 어떻게 할 수는 없다. 이미 풀카오인 그는 상관없지만 일반 유저인 한세아는 얼굴이 노출되면 좀 곤란할 수 있다.

―진짜 친다?

하긴. 쳐봤자 얼마 아프지도 않을 거야.

―라이트닝 볼트 쓸 거야.

―말 안 해도 돼. 그냥 쳐.

한주혁은 99의 스탯을 자랑한다. 지능에 대거 투자한 초고 레벨 플레이어와 맞먹는다. 지능이 높은 만큼 마법에도 강한 내성을 자랑한다.

'버프 먹은 세아의 공격은 어느 정도 되려나?'

그 버프도 자신이 줬으니까 그렇게 아프지는 않을 것 같다. 맞아봤는데 H/P가 10퍼센트 좀 안 되게 떨어졌다.

한주혁은 피식 웃었다.

'오.'

제법 따끔따끔한 것이, 제대로 된 공격이었다. 찌릿찌릿했다.

'버프 받은 세아는 루펜달보다 좀 약한 정도네.'

적어도 공격력만 놓고 보면 그랬다. 세아는 공격형 마법사고, 루펜달은 방어형 마법사인 게 조금 다르긴 했지만.

한주혁의 H/P가 떨어지는 것을 본 플레이어들은 힘이 났다. 이엔씨 연합을 이끌던 진.K는 신이 났다.

"놈도 지쳤다! 좀만 더 하면 레이드를 끝낼 수 있을 거다!"

없던 힘도 되살아났다. H/P가 겨우 7퍼센트가량 줄어들었지만 어쨌든 그들에게 희망이 생겼다. 희망은 그들을 불태우기에 충분했다. 정말 불태워서 모두 잿더미가 됐다.

—레벨이 올랐습니다.

그들은 좋은 경험치였다. 잿더미들이 울분을 토해냈다.

"씨팔……. 아무래도 유인책에 낚인 거 같다."

"시발! 정 사장 이 개새끼야! 스텝업 퀘스트라며! 쉽다며!"

이엔씨의 연합장 '정성드림'은 아무 말도 하지 못했다. 이거 아무래도 완전히 망했다.

'말단 사원들 총알받이로 내세우면 충분할 거 같았는데.'

당초 계획은 30명의 총알받이였다. 30명 대충 죽으라고 내던져주고, 그다음 50대 레벨인 CEO급들이 나서서 마무리하려고 했다.

'근데 이게 뭐냐?'

울분을 토하는 200개의 잿더미가 있지 않은가. 강제 로그아웃 때문에 하나씩 사라져 가고 있는 잿더미들.

'골치 아파지겠군.'

어디서 저런 말도 안 되는 풀카오가 튀어나왔단 말인가. 하는 말을 들어보면 더 가관이다. 아직 전직을 안 했다고 주장한다. 저딴 쓰레기 같은 말을 누가 믿겠는가.

'자신의 클래스가 노출되면 위험해지는 히든 클래스다.'

그는 확신했다. 히든 클래스라고 해서 모든 것이 완벽하지는 않다. 정말 의외의 약점이 있는 경우도 있다. 단적인 예로, 40년 전 '아기장수'라는 히든 클래스를 가진 플레이어가 하나 있었는데 그 플레이어는 역대급의 강함을 자랑했었다.

영웅급 플레이어로서 대륙 전역에 위명을 떨치던 플레이어였는데 그보다 훨씬 저레벨의 원거리 딜러에게 사살당했다. 그 이후로 그 플레이어는 모습을 드러내지 않았다. 그 플레이어의 약점은 겨드랑이였다. 운 나쁘게도, 화살이 겨드랑이에 박혔고 그와 동시에 히든 플레이어는 즉사했다.

'저놈도 어마어마한 약점을 가지고 있을 것이 틀림없다!'

그러니까 말도 안 되는 소리를 하면서 플레이어들을 교란시키고 있는 거다. 되먹지도 않은 마법과 이상한 주먹 스킬을 사용하면서.

'약점을 찾아야 돼.'

이거 협력업체들 다 떨어져 나가게 생겼다. 평판도 어마어마하게 나빠질 거다. 이엔씨 연합을 이끌어오는 와중, 가장 큰 위기였다. 그가 위기를 모면하기라도 하겠다는 듯 크게 외쳤다. 잿더미들에게까지 들릴 정도로.

"조심해라! 네 약점을 찾아내고 말겠다! 너 정도 되는 능력을 가진 히든 클래스라면 분명 큰 약점이 있을 것이다!"

분명했다. 그것만 찾아내면 놈을 쉽게 죽여 버릴 수 있을 거다. 심지어 노아이템이 아닌가.

'약점을 찾아내서 반드시 죽여 버릴 거다!'

사원들을 총알받이로 내세우려던 이엔씨 연합장은 그만 강제 로그아웃을 당하고 말았다.

한주혁은 고개를 갸웃했다.

'약점?'

왜 저런 결론이 나왔지?

'약점이 있긴 하지.'

약점이 하나 있기는 있었다.

'광역기가 없어!'

하루빨리 레벨업을 해서 광역기를 익혀야겠다는 생각만 들었다.

루마니아 던전. 이곳은 '개별 던전'이다. 파티를 이룬 사람들끼리만 던전을 공유하는 형태다. 다시 말해, 동시에 입장하더라도 같은 파티가 아니라면 독립된 다른 공간에서 클리어를 진행하게 된다.

레벨 제한은 25. 그다지 인기 있는 던전은 아니었다. 아이템 드랍율도 낮고 보상도 적다. 사람들은 루마니아 던전을 '심심풀이 삼아 한 번쯤은 도전해 볼 만한 던전' 정도로 평가한다.

그곳에 한주혁과 한세아가 입장했다.

"오빠. 계속 쳐볼게."

"그래."

한주혁은 한세아에게 버프를 걸어줬다.

버프받은 한세아는 루펜달이 가진 필살기급의 데미지를 자랑했다. 많이 깎이면 10퍼센트. 적게 깎이면 5퍼센트 가량 H/P가 깎였다.

"버프 받으면 내 마법이 오빠 방어력을 뚫을 수 있네."

"응. 내가 일부러 열심히 맞아주면 그 정도 돼. 급소에다가."

"그럼 계속한다?"

"그래."

한세아는 자신이 할 수 있는 모든 공격을 한주혁에게 퍼부었다. 저 오빠는 도대체 능력치가 어느 정도이기에 H/P 회복 속도가 물약을 쭉쭉 마신 것처럼 빠르게 차오르는 건지 모르겠다. 저 몸뚱이는 대체 뭘로 만든 몸뚱이일까.

"라이트닝 볼트! 레펜디아 샤워! 룩세미디안! 파이어 볼! 카이샬트 애로우!"

한세아가 주로 사용하는 5개의 스킬. 원래는 스턴 효과가 걸려 있는 '패럴라이즈'를 스킬 콤보트리에 넣어서 함께 사용하는데, 패럴라이즈 대신 파이어 볼을 집어 넣었다. 5개의 마법을 스킬창에 넣고 순차적으로 사용하며 콤보를 이어갔다.

　−Suffenus를 가진 상대에게 유효타 콤보를 발생시킵니다!
　−공격을 지속하면 어떠한 위대한 발견이 이루어질지 모릅니다!

　약 20분간 공격을 이어가자, 한주혁의 H/P가 절반 이상 떨어져 내렸다. 물론, 한주혁이 명치나 머리 등 급소를 일부러 가져다 댔다.

　−Suffenus를 가진 상대의 H/P를 절반 이상 떨어뜨리는 기염을 토합니다!
　−루나 님이 미쳐서 날뛰는 중입니다!

　그렇게 40분이 흐르자, 한주혁의 H/P가 30퍼센트까지 떨어져 내렸다. 흔히들 말하는 주황피까지 떨어졌다.

　−Suffenus를 가진 상대의 H/P를 30퍼센트까지 떨어뜨리는 업적을 이뤄냅니다!
　−Suffenus를 가진 상대의 진정한 정체를 밝힐 수 있는 기회가 주어졌습니다!
　−Suffenus를 가진 상대의 진정한 정체는 '천살성'입니다!

1시간이 흐르자, 한주혁은 결국 빨피까지 떨어졌다. 일부러 급소에 얻어맞아주고 아주 평온한 상태에서 스킬 콤보로 맞아줬기 때문에 가능한 일이었다. 물론, 주변에 나타나는 몬스터는 한주혁이 정리해 줬다.

-Suffenus를 가진 상대의 진정한 정체를 알아냈습니다!
-'천살성'을 발견하였습니다!

그리고 그와 동시에,

-'천살성'에 대적할 수 있는 위대한 발걸음이 시작됩니다!

한세아는 공격을 멈췄다.
"오빠."
"왜? 뭔가 알아냈어?"
어둠의 광야에서 200 대 1로 싸울 때 한세아가 뭔가를 발견한 것 같다고 했다.
"응. 나…… 전직 퀘스트 떴어."
"전직 퀘스트?"
"오빠를 빨피로 만들면 진행되는 전직 퀘스트인가 봐. 조건이 그거였어. 천살성을 최초로 빨피로 만드는 거."
"무슨 퀘스트인데?"

한세아는 믿을 수 없다는 듯, 말을 잇지 못했다. 그사이 몬스터가 나타났다.

"잠깐만. 정리 좀 하고 올게."

몬스터 따위에게 방해받을 수는 없지 않은가. 한주혁이 몬스터를 정리해 줬다. 몬스터의 숫자는 다섯. 몬스터 정리하려고 평타 날리느라 한세아와 거리를 좀 벌렸다.

한세아에게는 황당한 알림이 들려왔다.

−천살성이 당황하고 있습니다!
−천살성이 도망치고 있습니다!
−위대한 행보를 보이고 있습니다!

저 오빠. 별로 안 당황한 거 같은데. 별로 안 몰아붙였는데. 그다지 위대한 행보 없는 거 같은데.

"오빠. 나한테서 최대한 멀리 떨어져 봐."

이윽고 한주혁의 모습이 보이지 않게 되었을 때. 그녀에게 황당한 알림이 이어졌다.

−천살성이 도망쳤습니다!
−전직 퀘스트 발동 조건을 완전히 만족합니다!

플레이어 전체 알림이 공지됐다. 메인 시나리오 퀘스트가 진행될 때에만 이 전체 알림이 울린다.

　–'7번 성좌'의 자리가 확정되었습니다.

　이엔씨 연합장인 정성드림은 사활을 걸기로 했다.

　이번 일로 평판이 어마어마하게 나빠졌다. 협력업체들과
의 사이도 나빠졌다. 물론 그들도 이엔씨 연합장이 실수했다
는 걸 안다. 이엔씨 연합장도 사망했으니까. 그러나 비즈니스
관계에서는 단순히 실수라는 이유라는 이유로 용서받을 수
없다.

　'10억 정도면······.'

　그쯤 되면 NPC를 고용할 수 있을 거다. 강력한 살수 NPC.
어지간한 플레이어쯤은 녹여 버릴 수 있는 강력한 NPC를 말
이다.

　'어쨌든 놈을 죽이면······. 퀘스트를 공유한 놈들 전부 스텝
업 퀘스트는 받을 수 있겠지.'

　그러면 어느 정도 보상은 될 거다. 무려 10억 골드를 써야
한다는 게 배 아프고 가슴 아팠지만 어쩔 수 없었다.

　그는 평소 친분이 있던 NPC를 통하여 '살막'이라 불리는 곳
에 의뢰를 넣었다.

-3일만 기다리면 좋은 소식을 들을 수 있을 것이다.

3일만 기다리기로 했다. 그 후에 벌어질 일은 상상조차 하지 못한 채.

12장
파천심공

　살막. 흑화당.

　에르페스 제국에서 가장 유명한 청부 단체 두 곳이다. 돈만
주면 뭐든지 해주는 단체. 여태까지 수많은 피해자를 낳은 단
체인지라 제국에서도 살막과 흑화당을 소탕하려 한다고 알려
져 있으나 철저하게 점조직 형태로 이루어져 있어서 그 머리
를 잡기가 거의 불가능에 가깝다고 알려져 있다.

　재미있는 건 제국의 상급 귀족들도 이 살막을 많이 이용한
다는 거다. 그래서 겉으로는 살막을 찾으려 눈에 불을 켜고,
살막 척살을 외치지만 실상을 들여다 보면 딱히 그렇지는 않
다. 빈 수레가 요란한 것처럼 말이다.

　살막의 수장 요르한이 눈을 감았다.

　'드디어 때가 왔다.'

언젠가 이때가 오리라 짐작은 하고 있었다.

'당신이 정말 절대자로서 자질이 있는지.'

그는 그 자질을 시험하고 싶었다. 그는 아직 절대자를 절대자로 인정하지 않았다.

'이 내가 직접 판단해 주겠다.'

절대자는 어떤 특별한 금제에 결박되어 있어서 아직 제대로 된 힘을 끌어내 쓰지 못한단다. 가장 기본 밑바탕이 되는 파천심공조차도 운용할 수 없다고 했다. 그러나 그건 그의 사정이다. 요르한이 생각하는 절대자는 그래서는 안 됐다.

"누가 의뢰를 했다고 했지?"

"루미앙 백작과 끈이 닿아 있는 정성드림이란 자입니다. 플레이어입니다."

"우리는 흑화당에 놈을 청부한다."

"……알겠습니다."

부관은 요르한의 말에 감히 토를 달지 않았다. 살막의 수장이 그렇다면 그런 거다.

요르한은 자리에서 일어섰다.

"이번 청부는 내가 직접 움직인다."

"하, 하오나……!"

부관은 순간 섬뜩한 살기를 느껴야만 했다. 저도 모르게 목을 매만졌다. 목이 잘려 나가는 듯한 느낌이 들었기 때문이다. 다행히 살아 있었다.

요르한이 걸음을 옮겼다.

'자질을 인정받지 못한다면.'

그러면 그때는 죽음만이 기다리고 있을 것이다. 절대자?
절대자도 절대자다워야 절대자로서의 위엄이 사는 거다.

'내가 30년 동안 이루어놓은 모든 것들은.'

살막을 운영한 지 벌써 30년이 흘렀다. 정말 많은 일이 있
었고, 제국에서 정말로 소탕을 하려고 든 적도 있었다. 무너
졌다가 재기한 적도 많다. 그래도 어찌어찌 여기까지 왔다.

'진정한 절대자를 위함이다.'

만약 그 절대자가 절대자답지 않다면 자신이 일구어놓은
모든 것을 가질 수 없는 것이다.

살막의 수장. 스카이데블의 제2장로 요르한의 모습이 사라
졌다.

이엔씨 연합은 오랜만에 오프라인 회의를 가졌다. 별다른
사옥이 없어서 비즈니스 호텔의 컨퍼러스 룸 하나를 대여했다.

사원들은 긴장했다.

"무슨 일이지?"

보통 이렇게 오프 모임을 갖는 경우는 정리해고를 할 때가
대부분이다.

"어둠의 광야에서 블랙몹 나와서 몬스터스톤 획득도 어려워졌고……."

사실 요즘 굉장히 큰 문제로 대두되고 있다. 기반이 약한 중소기업들은 어둠의 광야 같은, 비교적 쉬운 난이도와 높은 보상을 자랑하는 곳에서 수익을 창출한다. 그런데 그곳에서 블랙몹이 나타나기 시작하면서 수익이 급감하기 시작했고, 많은 이들이 연합에서 권고사직을 당하기도 했다.

"이번에 스텝업 퀘스트 때문에 피해본 게 이만저만이 아니래."

"연합장님 심기가 아주 복잡할 거야."

"저번 달은 적자였다는 거 같은데."

물론 적자는 아니었다. 이엔씨 연합장 '정성드림'을 비롯한 CEO들의 비자금을 제외하고 나니 적자가 났을 뿐.

참고로 저번 달 정성드림의 공식적 월급은 800만 원이었으며 뒤로 빼돌린 돈이 3,000만 원 정도 된다. 다른 CEO들 것까지 합치면 7,000만 원이 넘는다. 일반사원들은 그러한 사실에 대해 전혀 알 수 없었지만.

연합원들의 예상은 적중했다. 이엔씨 연합장 '정성드림'이 침통한 얼굴로 말했다.

"회사가 너무 어려워졌습니다."

그래서 인원 감축을 해야 할 것 같다. 연합원들의 표정도 어두워졌다. 요즘 가뜩이나 불경기고 청년들이 취업하기 힘든

세상인데.

"거래업체들도 등을 돌리고 있고……. 제 실수로 인해 회사에 엄청난 타격이 왔습니다."

"……."

그는 회사의 어려움을 호소하고 또 호소했다. 물론 10억짜리 의뢰를 했다는 말은 하지 않았다. 이 건만 잘 처리하면, 협력업체들의 마음을 돌리는 건 그리 어렵지 않다. 비즈니스관계라는 게 그렇지 않은가. 어제의 적이 오늘의 친구가 될 수도 있다. 퀘스트를 공유하고 있는 사람들이, 어쨌거나 스텝업 포인트만 얻으면 된다.

'스텝업 포인트만 제대로 얻고 나면……. 다시 원래대로 돌아갈 거다.'

회사 사정이 좀 나아지면 그때 다시 인력을 충원하면 되지 않겠는가. 10억짜리 의뢰를 할 돈은 있지만 쓸데없이 인건비 3천만 원을 낭비하고 싶지는 않았다. 어차피 일하겠다는 어수룩한 어린애들은 널리고 널렸다. 대충 자르고 다시 고용하면 그만.

'젊을 때 고생은 사서도 하는 법.'

그는 분위기를 살폈다. 지금 당장 크게 반발하는 연합원은 없는 것 같았다. 아주 좋았다. 원래 뽑을 때도 좀 만만한 애들로 뽑았다. 마음대로 하기 편하도록.

'살막에 의뢰한 이상. 이번 퀘스트는 무조건 성공이다.'

현상금은 7억. 들어간 돈은 10억. 3억의 손해는 있겠지만 그래도 스텝업 포인트를 얻을 수 있으니 그게 어디인가.

그는 선심 쓰듯 말했다. 뭐. 이 정도 당근은 줘야겠지.

"죄송한 마음 때문에……. 이번 퀘스트의 공유는 풀지 않겠습니다. 언제가 될지 모르겠지만 이번 퀘스트가 클리어되면 여러분들도 스텝업 포인트를 받으실 수 있을 겁니다."

귀족과 연이 없는 일반 플레이어 개인이 스텝업 포인트를 얻기란 거의 불가능한 일이었으니까. 이번 퀘스트가 인원 제한이 없는 퀘스트라서 다행이었다.

이엔씨 연합장 정성드림은 올림푸스에 다시 접속했다. 마음이 홀가분해졌다.

'다음 달부턴 3천이 절약되겠구나.'

수익은 2천가량 줄 거 같으니 계산해 보면 1천만 원 정도는 이득이다.

'회사야 나중에 다시 키우면 되니까.'

……라고 생각했는데,

"억!"

그는 재접속한 지 30분 만에 또다시 사망했다. 안전지대를 벗어나는 순간 잿더미가 되어 버렸다. 잿더미가 된 그는 주변을 둘러봤다.

"뭐, 뭐야?"

무슨 일이 일어난 건지 모르겠다. 정신 차려보니 죽어 있었다. 검은 그림자 하나가 일렁이는 것이 보였다. 그 그림자가 가까이 다가왔다.

종이 하나를 잿더미 위에 올렸다. 잿더미가 된 정성드림은 저 종이가 뭔지 안다. 빨간색 종이. 흑화당을 뜻하는 거다.

"흑화당이 어째서!"

살막과 더불어 에르페스 제국 내 최강의 살수단체 아닌가. 그림자가 말했다.

"무한 척살령이다."

한주혁과 한세아는 평소 귓속말 기능을 사용해서 대화한다. 예전에는 딱히 이유 없이 그랬는데 이제는 이유가 좀 생겼다. 동생이 7성좌란다. 그런데 그 효과가 좀 많이 컸다.

한주혁은 입을 쩍 벌렸다.

-뭐라고? 벌써 레벨 30 돌파라고?

한주혁 자신보다 훨씬 더 빠른 레벨업 속도를 보이고 있는 한세아. 무엇보다 중요한 건,

-너 스텝업 포인트도 없었잖아?

-나 스텝업 포인트 필요 없다는데?

-그냥 레벨업만 하면 된다고?

-응. 7번 성좌의 특권이래. 순백의 마도사. 좋긴 좋은 클래스인가 봐. 이래서 사람들이 히든 클래스, 히든 클래스 하는구나. 히든 클래스 얻고 싶어서 다들 난리인 거고…….

한세아는 그러한 사람들에게 미안한 듯, 뒤통수를 살짝 긁었다.

-나는 오빠 덕분에 순전히 얻어걸렸지만.

7번 성좌의 특권으로 스텝업 포인트가 필요 없단다.

'7성좌가 전부 쟤 같으면 좀 곤란한데.'

7개의 성좌. 7개의 히든 클래스. 그중 하나를 어이없게도 동생이 차지했다. 아마도 시스템이 말하는 절대악이라는 건 한주혁 자신일 확률이 매우 높았다. 천살성이라는 괴상한 호칭을 줬고, 그 천살성의 H/P를 빨피까지 만들자 동생에게 7성좌 퀘스트가 뜨지 않았던가.

그런데 그 7성좌가 전부 저런 어마어마한 성장 속도를 가지고 있다면 좀 문제가 된다. 경험치 획득 속도도 엄청나게 빠르고 스텝업 퀘스트도 필요 없다면 엄청난 속도로 성장할 테니까.

'저 정도 속도로 레벨을 올리면 99까지 도달하는 것도 불가능하진 않겠어.'

왜 세계 정상급 플레이어들이 마의 레벨벽 90을 통과하지 못하고 있는 것이겠는가. 바로 89에서 90으로 넘어가는 스텝업 퀘스트를 얻지 못해서 그렇다. 지난 수백 년간, 단 한 번도 그런 케이스는 나타나지 않았다.

'제우스가 작정을 했구나.'

이번 메인 시나리오에서는 아마도 그 불변의 법칙을 깨뜨릴 생각인 것 같았다. 원래 게임이라는 건, 시간이 지나면 지날수록 고레벨이 되고 만렙 제한도 높아지는 법이니까.

'지금 그 시나리오 중앙에 나랑 세아가 있는 거고.'

잘 먹고 잘사는 게 목표인데. 아무래도 그걸 이루려면 좀 더 노력해야 할 것 같다.

한주혁이 말했다. 역시 언제나 그렇듯 귓속말로.

─사냥이나 가자.

현재 동생은 특수 마법로브를 구입했다. 얼굴을 완벽하게 가려주는 클로킹 기능이 있는 로브.

한세아는 특수 마법로브를 입고, 거기에 3천만 원짜리 폴리모프 스톤까지 사용했다. 얼굴도 바꾸고 마법로브까지 입었다. 만약 지금 실시간으로 달아오르고 있는 '어둠의 광야 단체 PVP전' 영상에서 그녀를 봤다 할지라도, 그 영상 속 그녀와 지금의 한세아를 매치시키지는 못할 것이다.

─알았어. 근데 오빠. 나 종종 오빠 좀 친다?

─……그래.

그러나 그녀의 몸에서 새어 나오는 푸른색 기운까지 막아주지는 못했다. 저 푸른색 기운은 영웅을 뜻하는 기운이다. 카오와 마찬가지로 저 기운이 진하면 진할수록 더 높은 등급의 영웅이다. 현재 한세아는 푸르다 못해 진한 파란색이었다.

천살성의 H/P를 빨피에 이르게 한 것만으로도 위대한 업적이 인정되었고, '플래티넘' 등급의 영웅으로 승격됐다. 경험치 상승, 카오 유저와 PVP시의 특전, 아이템 드랍율 상승, 통상 NPC와의 친밀도 대폭 향상, 기타 등등.

한주혁이 찝찝한 듯 말했다.

─……일부러 맞아주니까 실수로라도 죽이지는 마라.

한세아가 빙긋 웃었다.

─근데 솔직히 한번 죽여 보고 싶긴 해. 그냥 때리는 것만으로도 이 정도면 보상이 어느 정도 될까? 오빠는 진짜 엄청난 풀카오얌.

─…….

─한번 죽여 볼까, 오빠야?

한주혁은 동생을 어이없다는 듯 쳐다봤다. 동생은 원래 애교가 그리 많은 편은 아니다. 그런데 지금은 말투에 애교가 뚝뚝 묻어나고 있다. 아마 자신을 한 번은 죽여 보고 싶은 모양이다.

─그거 패륜이다.

─게임이잖아? 보상은 기존 계약대로 8 대 2로 나누면 되지!

─…….

그건 나중에 생각하기로 했다. 사실 그도 좀 궁금하다. 성좌한테 죽어주면 성좌에게 어느 정도의 특전이 주어질지. 그 특전을 8:2로 독식하면 꽤 좋은 거 아니겠는가. 그러나 또 반대로, 어떤 페널티가 주어질지 모른다.

－언젠가 만약에 한 번쯤 죽어야 한다면 무조건 너한테 죽어줄게.

－알겠어!

아니. 오빠 죽이라는데 왜 저렇게 해맑게 미소 짓는지 모르겠다. 7번 성좌. 순백의 마도사가 된 동생은 웃음이 많아졌다.

하여튼 한주혁은 한세아와 함께, 인적 드문 곳을 찾아 레벨업 했다. 물론 이동은 따로 했다. 플레이어가 있는 경우 한주혁이 먼저 모습을 드러내면, 플레이어들은 어김없이 달려들었고 주변은 깨끗하게 정리됐다.

레벨 35가 넘어서면부터 '개별 던전'인 레프타 던전에서 레벨업을 했다. 둘 모두, 레벨업 속도는 상상을 초월했다. 일반인은 결코 범접할 수 없는 속도의 레벨업.

－레프타 던전이 클리어되었습니다.

한주혁은 아쉬웠다. 몇 마리만 더 잡으면 레벨 40 도달 경험치가 될 텐데. 미개척지 발견 보상 스텝업 포인트가 아직 하나 남았으니 레벨 40 달성하는 것쯤은 어렵지 않을 텐데.

'에이. 몇 마리만 더 잡으면 레벨업인데.'

아쉬웠다. 그래도 뭐. 몇 마리만 잡으면 되니까. 레벨 40이 되면 드디어 파천심공을 익힐 수 있다. 스승 새끼가 남긴 유적 퀘스트도 진행할 수 있고.

한세아는 이미 멀어져 있었다. 귓속말이 들려왔다.

－나 물약이랑 아이템 보충 좀 하고 올게. 이따 봐용.

그리고 귓속말이 아닌, 다른 목소리도 들려왔다.

"자격을 증명해 보십시오. 그렇지 못한다면……. 이 자리에서 죽을 것입니다. 그리고 살막은 당신에게 척살령을 내릴 것입니다."

퀘스트 알림창이 떴다.

본래 한주혁이 진행하고 있는 메인 퀘스트는 절대자의 귀환이다.

〈절대자의 귀환〉

등급: SSS

요약:

일시적으로 절대자의 자리를 인정받습니다. 그러나 아직 완벽하지 않습니다. 12명의 장로 중 7명은 절대자의 귀환을 바라고 있습니다. 그러나 다른 5명의 장로는 절대자의 귀환을 바라지 않습니다. 당신에게 우호적인 장로들을 가려내고, 진정한 절대자로 인정받아야 합니다. 절대자로 인정받지 못할 시, 매우 곤란한 상황에 처할 수 있음을 명심해야 합니다.

원래 7명의 장로가 그에게 우호적이었고 나머지 5명 중 2명이 이쪽으로 돌아섰다.

이제 3명의 인정만 얻으면, 이 '절대자의 귀환'은 완료된다. 그가 생각하고 있기로, 이 인정 퀘스트는 아마도 어떤 메인 시나리오의 첫 단추 같은 역할을 할 거라고 예상하고 있다. 인정을 받는 것으로 끝나지는 않겠지.

어쨌거나 지금 활성화된 퀘스트는 이 '절대자의 귀환'과 연관되어 있는, 말하자면 소퀘스트였다.

퀘스트창의 내용을 살펴봤다.

〈제2장로 요르한의 습격〉

　등급: SSS

　내용:

　살막의 수장. 스카이데블의 제2장로 요르한이 습격합니다. 요르한은 스카이데블의 12장로들 중 은신과 기습에 가장 탁월한 능력을 가지고 있습니다. 요르한의 습격을 막아내고, 제2장로 요르한의 인정을 얻어내십시오. 명심하세요. 절대자로 인정받지 못할 시, 매우 곤란한 상황에 처할 수 있습니다.

SSS등급 퀘스트 절대자의 귀환의 하위 카테고리로 인식되어 있는데, 그마저도 SSS다. 이 정도면 이 '절대자의 귀환'은 가히 사기급이라고 해도 할 말 없었다.

'하기야. 지금 나는 격변의 중심에 있는 거지.'

올림푸스가 운영된 200년 이래로, 어쩌면 가장 큰 격변의 중심이 자신일지도 모른다. 아직 확실하지는 않지만 7성좌 VS 절대악으로 대변되는 이번 시나리오에서, 자신이 절대악일 확률이 매우 높았으니까.

'그런 의미에서 사기급 퀘스트는 당연한 거고.'

동생을 보면 안다. 7성좌. 그들은 어마어마한 능력을 가지고 엄청난 속도로 성장할 거다. 그들 모두 스텝업 퀘스트가 필요 없다고 한다면, 어쩌면 그들 중 누군가가 레벨 90을 인류 최초로 돌파할 수도 있는 거다. 아직까지 다른 성좌가 나타났다는 알림은 없었지만.

한주혁이 입을 열었다.

"제2장로 요르한."

"……무기를 드십시오."

"내게 무기가 없다는 것을 알고 있을 텐데."

"……."

한주혁은 요르한을 쳐다봤다. 만약 자신을 죽이려고 했으면 이미 공격을 했을 거다. 지금 이 NPC는 스카이데블의 충성스러운 호구, 아니, 장로다. 스카이데블의 부흥을 그 누구보다도 바라마지않는 설정의 NPC라는 뜻이다.

"지금 당장 그대 앞에서 내가 자격을 증명해야 하나?"

"무슨 뜻입니까?"

"장로들도 알다시피 나는 특별한 금제에 걸려 있다. 그러나 곧 그 금제의 일부가 풀린다. 아주 조금이지만."

한주혁은 잠시 눈을 감았다. 마치 절대자라면 응당 그래야 하다는 것처럼.

"물론, 지금의 나는 약하다. 미약하기 그지없다. 이 금제를 풀려면 시간이 걸린다. 그러나 그대들은 이미 오랜 시간 나를 기다려 왔다. 조금만 더 기다리면, 그대들의 진정한 절대자가 나타날 수 있을 터인데. 그대는 그대 스스로 그 가능성의 씨 앗을 밟아버리려 하려는 것인가? 그대의 조급한 성정이 대사 를 그르쳐도, 그대는 후회 없겠는가?"

"……."

요르한의 눈치를 살짝 살핀 한주혁은 스스로에게 칭찬해 줬다. 어제 TV에서 사극을 좀 봤는데, 그게 좀 영향을 끼쳤 다. 나, 좀 연기 하는 거 같은데?

'아주 자연스러웠어.'

이 절대자 노릇이란 것도, 해보니까 실력이 는다.

'왠지 이 타이밍에 좀 더 말해야 할 것 같은데.'

그래서 말했다.

"물론 그대들의 눈에 차지는 못하겠지만, 나는 곧 스승님께 서 남겨주신 기본 심공인 파천심공을 익힐 수 있다. 그것도 10 분 내에."

"……."

요르한의 눈이 커졌다. 파천심공. 그들은 익히지 못하고 있는, 절대자만이 익힐 수 있는 심공 아닌가. 물론, 한주혁은 그러한 사실을 모르고 있다. 이들 역시 파천심공과 비슷한 무언가를 익히고 있다는 것을 알고 있을 뿐.

"……파천심공 말입니까? 진정으로 하는 말입니까?"

"내게 아주 약간의 시간만 준다면, 그대 앞에서 증명해 보이도록 하지. 하지만 파천심공을 다시 사용할 수 있게 된다 할지라도, 역시 그대보다는 나약할 수 있다. 그러나 생각해 보라. 내가 처음 모습을 드러냈을 때부터 불과 얼마 만에 파천심공을 사용하게 되었는지."

"……."

요르한은 고개를 끄덕였다. 그래. 진정한 절대자가 아니라면, 그건 불가능하다. 요르한이 최후통첩처럼 말했다.

"그 말이……. 진실인지 아닌지는 확인해 보면 알겠지요. 저는 당신의 주변에 은신하고 기다릴 것입니다. 제한시간은 10분입니다."

알림이 이어졌다.

─요르한이 남긴 시간이 10분 00초 남았습니다.

한주혁이 인상을 찡그렸다.

'왜 몬스터가 하나도 없지?'

이것도 행운 -99의 여파인가. 행운 -99 때문인지는 몰라도, 평소에 흔하게 보이던 몬스터들이 하나도 안 보였다. 사실 단순히 불운의 여파는 아니었다. 요르한이 이곳을 깨끗하게 청소했기 때문이다.

'남은 시간은 이제 5분 정도.'

5분 동안 사냥터를 열심히 뒤졌는데, 몬스터가 전혀 안 보인다. 몇 마리만 잡으면 40레벨 도달 경험치인데. 그러면 스텝업 포인트를 써서 레벨 40까지 올릴 수 있는데.

'씨팔!'

개똥도 약에 쓰려면 없다더니. 어떻게 이렇게 리젠도 안 되는지 모르겠다.

'쓰레기 같은 행운!'

이제 남은 시간은 겨우 1분. 그동안 단 한 마리의 몬스터도 보지 못했다. 퀘스트 창이 경고음을 전해왔다.

-요르한이 남긴 시간이 58초 남았습니다.
-요르한이 남긴 시간이 55초 남았습니다.

시간이 계속 줄어들었다.
'아씨. 또 뭐라고 해서 시간을 더 얻냐?'
그냥 맞짱 뜰까?

'아니. 그건 위험해.'

스카이데블의 장로들의 추정 레벨은 80~90 정도 된다. 어디까지나 추정이다. 어쩌면 그것보다 더 높을 수도 있다. 제국에서도 유명한 기사의 레벨이 100 이상인 것으로 미루어보면, 이들의 레벨도 100이 넘을 수도 있다. NPC들은 레벨로 그 강함을 나타내지 않으니 정확하게 알 수는 없다.

'하다못해 80만 된다 하더라도.'

80 정도의 능력치만 되어도 스탯이 크게 차이 나지 않을 거다. 게다가 한주혁 자신은 레벨 역보정을 받고 있는 상태. 거기에 더해 노아이템, 노스킬이다. 만에 하나, 요르한에게 패배하기라도 했다가는 퀘스트가 말하듯 정말 '매우 곤란한 상황'에 처할지도 모른다.

'정면대결은 리스크가 너무 커.'

—요르한이 남긴 시간이 30초 남았습니다.
—요르한이 남긴 시간이 20초 남았습니다.

빌어먹을. 아무리 찾아봐도 몬스터가 보이지 않았다. 그런데, 그때. 귓말이 들려왔다.

—아씨. 이제야 귓말 터지네. 오빠 도대체 어디야!

일정거리 이내에 들어와야만 귓말 전송이 가능하다.

—여기 위험하니까 오지…….

오지 말라고 하려고 했는데, 한주혁이 한세아를 먼저 발견했다.

-그게 무슨 소리야?

-설명하긴 힘들고 넌 일단 도망쳐. 묻지도 따지지도 말고 그냥 오빠 말 들어.

한세아는 이해할 수 없었지만 일단 도망치기로 했다. 그래도 너무 아쉬웠다.

-내가 얘네 몹몰이 해오느라 얼마나 힘들었는데!

-내가 나중에 다 보상해 줄게.

한주혁은 씨익 웃었다. 아이고 예쁜 내 동생. 몹몰이까지 해왔구나. 착한 성좌답다! 그래. 영웅이라면 이래야지. 어려운 이웃도 돕고 말이야.

-요르한이 남긴 시간이 10초 남았습니다.

저만치 앞. 블랙 자이언트 베어 무리가 보였다. 숫자는 약 일곱. 한세아 입장에서는 목숨 걸고 몹몰이를 해온 거다. 한주혁의 버프에 힘입은 광속 사냥을 하기 위해서. 원래 혼자의 힘만으로는 절대 이런 짓 못 한다.

한주혁이 내달렸다. 순식간에 블랙 자이언트 베어와의 거리를 좁힌 그는 주먹을 내뻗었다.

스탯 만땅의 신체를 가진 한주혁의 주먹을 버텨내는 자이언트 베어는 단 한 마리도 없었다.

　－요르한이 남긴 시간이 5초 남았습니다.

　그와 동시에,

　－레벨이 올랐습니다.

　또한 급박한 알림도 들려왔다. 머릿속에서 띵! 띵! 띵! 띵!
하고 비상음이 터져 나왔다. 이제 곧, 요르한이 공격할 거라
는 얘기다.
　요르한은 12장로 중에서도 은신과 기습에 매우 특화된 능
력을 가지고 있다고 했다. 지금 한주혁의 눈으로도 요르한이
어디 숨어 있는지 전혀 알 수 없다. 이 정도 능력이면, 진짜 운
나쁘면 크리티컬샷 한 방으로 잿더미가 될 수도 있다. 살수의
기습은 그렇게 무서운 거니까.
　'스텝업 포인트 사용.'
　그래서 레벨을 올렸다.

　－요르한이 남긴 시간이 3초 남았습니다.

　그와 동시에,

-축하합니다!

-레벨 40에 도달하였습니다!

-파천심공을 사용할 수 있게 됩니다.

파천심공 사용 가능 알림이 들려왔다.

-위험합니다!

-공격이 시작됩니다!

-요르한이 남긴 시간이 1초 남았습니다.

요르한이 남겨 준 시간 1초가 남았을 때, 요르한이 한주혁
의 심장을 공격하기 위해 한주혁의 그림자에 녹아드는 순간,

-파천심공이 활성화됩니다.

한주혁의 몸에서 변화가 일었다.

한주혁이 씨익 웃었다. 아슬아슬했다. 요르한은 현재 모습
을 드러내지 않고 있는 상태.

한주혁의 몸에서 풀카오의 마기와 비슷한 검은색. 그러나

약간의 황금빛을 머금은 기운이 새어 나왔다.

아주 조금 여유로워졌다.

'공격하지 않고 있는 걸 보면……. 뭔가를 느꼈다는 소리지.'

여유롭게 파천심공의 알림을 들었다. 그는 이미 10년 넘게 그것을 운용했고 이 기분, 이 느낌이 너무나 자연스럽다. 그러나 또 알림으로 새로이 듣는 건, 또 그 나름대로 감회가 새로워서 알림을 끄지 않고 그냥 들었다.

　

－파천심공. 상시 활성화 모드에 진입합니다.

－파천심공의 효과로 모든 신체 능력치가 비약적으로 증가합니다.

　

그런데 알지 못했던 효능까지 들려왔다.

　

－파천심공에 스탯을 투자할 수 있습니다.

－파천심공을 +1 업그레이드하는 데 보너스 스탯 20개가 필요합니다.

　

현재 한주혁이 가지고 있는 보너스 스탯은 78개다.

'이걸 파천심공에 쓸 수 있다고?'

지금 당장 결정하지는 않아도 된다. 시간을 조금 갖고 생각해 보기로 했다.

—파천심공은 상시 활성화 모드. 비가시화 상태로 변환 가능합니다.

　파천심공은 액티브 스킬이지만, 또한 패시브 스킬이기도 하다. 일단 한번 활성화시켜 놓으면 그 스스로 알아서 운용된다.
　따로 시간을 가지고 운용하고 수련할 필요가 전혀 없는 미친 심공이다. 24시간 내내, 자기가 알아서 수련하여 숙련도가 높아지니까. 수련하는 동안 금빛을 머금은 마기가 계속 피어오르는데, 그걸 감출 수도 있다. 그게 비가시화 상태다.
　'파천심공이 업그레이드가 가능하다니.'
　10년 넘게 그걸 운용해 오면서 그걸 몰랐다. 강제적으로 업그레이드가 가능한 것이었다니.

　—파천심공의 효과가 강력하게 작용합니다.
　—스카이데블에 대한 지배력이 강화됩니다.
　—모든 스카이데블 구성원에 대한 상대적 우위를 갖게 됩니다.
　—모든 스카이데블 구성원이 절대자의 기운을 느낄 수 있습니다.

　하지만 이것만으로 요르한의 마음을 움직이는 것은 불가능한 것 같았다. 결국 전투를 치러서 능력을 증명해 보여야 하나. 그런 마음이 들었을 때,

-파천심공을 확인합니다.

-천살성의 칭호를 확인합니다.

그러고서 충격적인 알림이 이어졌다.

to be continued